COLLECTION FOLIO

H. G. Wells

L'île
du docteur
Moreau

*Traduit de l'anglais
par Henry D. Davray*

Mercure de France

Titre original :

THE ISLAND OF THE DOCTOR MOREAU

© *The executors of the late H. G. Wells.*
© *Mercure de France, 1901, pour la traduction française.*

Herbert George Wells est né à Bromley, un faubourg de Londres, en 1866. Il était le fils d'une femme de chambre et d'un jardinier. Il n'a jamais oublié la pauvreté et l'univers féodal du château où il empruntait l'escalier de service. Il va à l'école jusqu'à quatorze ans, un peu dans les conditions qui sont celles de Dickens un tiers de siècle avant lui. Apprenti chez divers commerçants, il se fait renvoyer et trouve une place de surveillant dans une école, qui lui permet de reprendre ses études. Il est reçu comme boursier à l'École normale des sciences de Londres. Cette enfance marquée par la misère et l'injustice le conduit à l'athéisme et au socialisme. Il milite et échoue à ses examens. Après avoir essayé sans succès de placer dans les revues des articles scientifiques, il décide de se consacrer à l'enseignement et il épouse son amour d'enfance, sa cousine Isabel. Une maladie lui donne le loisir d'écrire son premier livre : *La machine à explorer le temps*. Il y montre déjà tout ce qui fera son originalité : humour discret, habileté à présenter des personnages très quotidiens lancés dans des aventures fantastiques. Le succès de ce voyage dans la quatrième dimension est très grand à l'époque ; le livre est resté célèbre et a trouvé de tout temps de nouveaux lecteurs.

Au même moment, une étudiante phtisique, Catherine Robbins, entre dans la vie de Wells. Elle deviendra sa seconde femme.

Préparé par sa formation scientifique, Wells continue à écrire des romans d'anticipation comme *L'île du docteur Moreau, L'homme invisible, La guerre des mondes, Les premiers hommes dans la Lune*. Ces livres sont encore plus l'œuvre d'un moraliste et d'un prophète des temps nouveaux, prévoyant les cataclysmes vers lesquels l'humanité se précipite, par égoïsme. Wells finit d'ailleurs par se détourner du roman fantastique pour entrer dans ce qu'il appelle *La conspiration au grand jour*. Il rêve d'une République nouvelle et redoute les guerres qui viennent. Il s'exprime alors par des romans psychologiques et sociaux comme *Ann Veronica* et *L'histoire de Mr. Polly*. Il pense que l'histoire de l'humanité est une course entre l'éducation et la catastrophe. Il prévoit la guerre atomique et pense que seul un État mondial peut assurer la paix.

Peu avant sa mort, en 1946, il publie *L'esprit au bout de son rouleau,* testament désespéré d'un homme accablé par la folie du monde et conscient de la vanité de ses espoirs.

CHAPITRE PREMIER

UNE MÉNAGERIE À BORD

Je demeurai affalé sur l'un des bancs de rameurs du petit canot pendant je ne sais combien de temps, songeant que, si j'en avais seulement la force, je boirais de l'eau de mer pour devenir fou et mourir plus vite. Tandis que j'étais ainsi étendu, je vis, sans y attacher plus d'intérêt qu'à une image quelconque, une voile venir vers moi du bord de la ligne d'horizon. Mon esprit devait, sans doute, battre la campagne, et cependant je me rappelle fort distinctement tout ce qui arriva. Je me souviens du balancement infernal des flots, qui me donnait le vertige, et de la danse continuelle de la voile à l'horizon ; j'avais aussi la conviction absolue d'être déjà mort, et je pensais, avec une amère ironie, à l'inutilité de ce secours qui arrivait trop tard — et de si peu — pour me trouver encore vivant.

Pendant un espace de temps qui me parut interminable, je restai sur ce banc, la tête contre le bordage, à regarder s'approcher la goélette secouée et balancée. C'était un petit bâtiment, gréé de voiles latines, qui courait de larges bordées, car il allait en plein contre le vent. Il ne me vint pas un instant l'idée d'essayer d'attirer son attention, et, depuis le moment où j'aperçus distinctement son flanc et celui où je me retrouvai dans une cabine d'arrière, je n'ai que des souvenirs confus. Je garde encore une vague impression d'avoir été soulevé jusqu'au passavant, d'avoir vu une grosse figure rubiconde, pleine de taches de rousseur et entourée d'une chevelure et d'une barbe rouges, qui me regardait du haut de la passerelle ; d'avoir vu aussi une autre face très brune avec des yeux extraordinaires tout près des miens ; mais jusqu'à ce que je les eusse revus, je crus à un cauchemar. Il me semble qu'on dut verser, peu après, quelque liquide entre mes dents serrées, et ce fut tout.

Je restai sans connaissance pendant fort longtemps. La cabine dans laquelle je me réveillai enfin était très étroite et plutôt malpropre. Un homme assez jeune, les cheveux blonds, la moustache jaune hérissée, la lèvre inférieure tombante était assis auprès de moi et tenait mon poignet. Un instant, nous nous regardâmes sans parler. Ses yeux étaient gris, humides, et sans expression.

Alors, juste au-dessus de ma tête, j'entendis un bruit comme celui d'une couchette de fer qu'on remue, et le grognement sourd et irrité de quelque grand animal. En même temps, l'homme parla. Il répéta sa question.

« Comment vous sentez-vous maintenant ? »

Je crois que je répondis me sentir bien. Je ne pouvais comprendre comment j'étais venu là, et l'homme dut lire dans mes yeux la question que je ne parvenais pas à articuler.

« On vous a trouvé dans une barque — mourant de faim. Le bateau s'appelait la *Dame Altière* et il y avait des taches bizarres sur le plat-bord. »

A ce moment, mes regards se portèrent sur mes mains : elles étaient si amaigries qu'elles ressemblaient à des sacs de peau sale pleins d'os ; à cette vue, tous mes souvenirs me revinrent.

« Prenez un peu de ceci », dit-il, et il m'administra une dose d'une espèce de drogue rouge et glacée. « Vous avez de la chance d'avoir été recueilli par un navire qui avait un médecin à bord. »

Il s'exprimait avec un défaut d'articulation, une sorte de zézaiement.

« Quel est ce navire ? proférai-je lentement et d'une voix que mon long silence avait rendue rauque.

— C'est un petit caboteur d'Arica et de Callao. Il s'appelle la *Chance Rouge*. Je n'ai pas demandé de quel pays il vient : sans doute du pays des fous. Je ne suis moi-même qu'un passager, embarqué à Arica. »

Le bruit recommença au-dessus de ma tête, mélange de grognements hargneux et d'intonations humaines. Puis une voix intima à un « triple idiot » l'ordre de se taire.

« Vous étiez presque mort, reprit mon interlocuteur ; vous l'avez échappé belle. Mais maintenant je vous ai remis un peu de sang dans les veines. Sentez-vous une douleur aux bras ? Ce sont des injections. Vous êtes resté sans connaissance pendant près de trente heures. »

Je réfléchissais lentement. Tout à coup, je fus tiré de ma rêverie par les aboiements d'une meute de chiens.

« Puis-je reprendre un peu de nourriture solide ? demandai-je.

— Grâce à moi ! répondit-il. On vous fait cuire du mouton.

— C'est cela, affirmai-je avec assurance, je mangerai bien un peu de mouton.

— Mais, continua-t-il avec une courte hésitation, je meurs d'envie de savoir comment il se fait que vous vous soyez trouvé seul dans cette barque. »

Je crus voir dans ses yeux une certaine expression soupçonneuse.

« Au diable ces hurlements ! »

Et il sortit précipitamment de la cabine.

Je l'entendis disputer violemment avec quelqu'un qui me parut lui répondre en un baragouin inintelligible. Le débat sembla se terminer par des coups, mais en cela je crus que mes oreilles se trompaient. Puis le médecin se mit à crier après les chiens et s'en revint vers la cabine.

« Eh bien, dit-il dès le seuil, vous commenciez à me raconter votre histoire. »

Je lui appris d'abord que je m'appelais Edward

Prendick et que je m'occupais beaucoup d'histoire naturelle pour échapper à l'ennui des loisirs que me laissaient ma fortune relative et ma position indépendante. Ceci sembla l'intéresser.

« Moi aussi, j'ai fait des sciences, avoua-t-il. J'ai fait des études de biologie à l'University College de Londres, extirpant l'ovaire des lombrics et les organes des escargots. Eh! oui, il y a dix ans de cela. Mais continuez... continuez... dites-moi pourquoi vous étiez dans ce bateau. »

Je lui racontai le naufrage de la *Dame Altière,* la façon dont je pus m'échapper dans la yole avec Constans et Helmar, la dispute au sujet du partage des rations, et comment mes deux compagnons tombèrent par-dessus bord en se battant.

La franchise avec laquelle je lui dis mon histoire parut le satisfaire. Je me sentais horriblement faible, et j'avais parlé en phrases courtes et concises. Quand j'eus fini, il se remit à causer d'histoire naturelle et de ses études biologiques. Selon toute probabilité, il avait dû être un très ordinaire étudiant en médecine et il en vint bientôt à parler de Londres et des plaisirs qu'on y trouve ; il me conta même quelques anecdotes.

« J'ai laissé tout cela il y a dix ans. On était jeune alors et on s'amusait ! Mais j'ai trop fait la bête... A vingt et un ans, j'avais tout mangé. Je peux dire que c'est bien différent maintenant... Mais il faut que j'aille voir ce que cet imbécile de cuisinier fait de votre mouton. »

Le grognement, au-dessus de ma tête, reprit

d'une façon si soudaine et avec une si sauvage colère que je tressaillis.

« Qu'est-ce qu'il y a donc ? » criai-je ; mais la porte était fermée.

Il revint bientôt avec le mouton bouilli, et l'odeur appétissante me fit oublier de le questionner sur les cris de bête que j'avais entendus.

Après une journée de repas et de sommes alternés, je repris un peu des forces perdues pendant ces huit jours d'inanition et de fièvre, et je pus aller de ma couchette jusqu'au hublot et voir les flots verts lutter de vitesse avec nous. Je jugeai que la goélette courait sous le vent. Montgomery — c'était le nom du médecin blond — entra comme j'étais là, debout, et je lui demandai mes vêtements. Ceux avec lesquels j'avais échappé au naufrage, me dit-il, avaient été jetés par-dessus bord. Il me prêta un costume de coutil qui lui appartenait, mais, comme il avait les membres très longs et une certaine corpulence, son vêtement était un peu trop grand pour moi.

Il se mit à parler de choses et d'autres et m'apprit que le capitaine était aux trois quarts ivre dans sa cabine. En m'habillant, je lui posai quelques questions sur la destination du navire. Il répondit que le navire allait à Hawaii, mais qu'il devait débarquer avant cela.

« Où ? demandai-je.

— Dans une île... où j'habite. Autant que je le sais, elle n'a pas de nom. »

Il me regarda, la lèvre supérieure pendante, et

avec un air tout à coup si stupide que je me figurai que ma question le gênait.

« Je suis prêt », fis-je, et il sortit le premier de la cabine.

Au capot de l'échelle, un homme nous barrait le passage. Il était debout sur les dernières marches, passant la tête par l'écoutille. C'était un être difforme, court, épais et gauche, le dos arrondi, le cou poilu et la tête enfoncée entre les épaules. Il était vêtu d'un costume de serge bleu foncé. J'entendis les chiens grogner furieusement et aussitôt l'homme descendit à reculons ; je le repoussai pour éviter d'être bousculé et il se retourna avec une vivacité tout animale.

Sa face noire, que j'apercevais ainsi soudainement, me fit tressaillir. Elle se projetait en avant d'une façon qui faisait penser à un museau, et son immense bouche à demi ouverte montrait deux rangées de dents blanches plus grandes que je n'en avais jamais vu dans aucune bouche humaine. Ses yeux étaient injectés de sang, avec un cercle de blanc extrêmement réduit autour des pupilles fauves. Il y avait sur toute cette figure une bizarre expression d'inquiétude et de surexcitation.

« Que le diable l'emporte ! Il est toujours dans le chemin », dit Montgomery.

L'homme s'écarta sans un mot. Je montai jusqu'au capot, suivant des yeux malgré moi l'étrange face. Montgomery resta en bas un instant.

« Tu n'as rien à faire ici. Ta place est à l'avant, dit-il d'un ton autoritaire.

— Euh !... Euh !... Ils... ne veulent pas de moi à l'avant », balbutia l'homme à la face noire, en tremblant. Il parlait lentement, avec quelque chose de rauque dans la voix.

« Ils ne veulent pas de toi à l'avant ! Mais je te commande d'y aller, moi ! » cria Montgomery sur un ton menaçant.

Il était sur le point d'ajouter quelque chose, lorsque, m'apercevant, il me suivit sur l'échelle. Je m'étais arrêté, le corps à demi passé par l'écoutille, contemplant et observant encore, avec une surprise extrême, la grotesque laideur de cet être. Je n'avais jamais vu de figure aussi extraordinairement répulsive, et cependant — si cette contradiction est admissible — je subis en même temps l'impression bizarre que j'avais déjà dû remarquer, je ne sais où, les mêmes traits et les mêmes gestes qui m'interloquaient maintenant. Plus tard, il me revint à l'esprit que je l'avais probablement vu tandis qu'on me hissait à bord et cela, néanmoins, ne parvint pas à satisfaire le soupçon que je conservais d'une rencontre antérieure. Mais qui donc, ayant une fois aperçu une face aussi singulière, pourrait oublier dans quelles circonstances ce fut ?

Le mouvement que fit Montgomery pour me suivre détourna mon attention, et mes yeux se portèrent sur le pont de la petite goélette. Les bruits que j'avais entendus déjà m'avaient à demi préparé à ce qui s'offrait à mes regards. Certainement je n'avais jamais vu de pont aussi mal tenu ; il était entièrement jonché d'ordures et d'immondices indescriptibles. Une meute hurlante de chiens courants était liée au grand mât avec des chaînes, et ils se mirent à aboyer et à bondir vers moi. Près du mât de misaine, un grand puma était allongé au fond d'une cage de fer beaucoup trop petite pour qu'il pût y tourner à l'aise. Plus loin, contre le bastingage de tribord, d'immenses caisses grillagées contenaient une quantité de lapins, et à l'avant un lama solitaire était resserré entre les parois d'une cage étroite. Les chiens étaient muselés avec des lanières de cuir. Le seul être humain qui fût sur le pont était un marin maigre et silencieux, tenant la barre.

Les brigantines, sales et rapiécées, s'enflaient sous le vent et le petit bâtiment semblait porter toutes ses voiles. Le ciel était clair ; le soleil descendait vers l'ouest ; de longues vagues, que le vent coiffait d'écume, luttaient de vitesse avec le navire. Passant près de l'homme de barre, nous allâmes à l'arrière, et, appuyés sur la lisse de couronnement, nous regardâmes, côte à côte, pendant un instant, l'eau écumer contre la coque de la goélette et les bulles énormes danser et disparaître dans son sillage. Je me retournai vers le pont encombré d'animaux et d'ordures.

« C'est une ménagerie océanique ? dis-je.

— On le croirait, répondit Montgomery.

— Qu'est-ce qu'on veut faire de ces bêtes ? Est-ce une cargaison ? Le capitaine pense-t-il pouvoir les vendre aux naturels du Pacifique ?

— On le dirait, n'est-ce pas ? » fit encore Montgomery, et il se retourna vers le sillage.

Tout à coup, nous entendîmes un jappement suivi de jurons furieux qui venaient de l'écoutille, et l'homme difforme à la face noire sortit précipitamment sur le pont. A sa vue, les chiens, qui s'étaient tus, las d'aboyer après moi, semblèrent pris de fureur, se mirent à hurler et à gronder en secouant violemment leurs chaînes. Le noir eut un instant d'hésitation devant eux, et cela permit à l'homme aux cheveux rouges qui le poursuivait de lui assener un terrible coup de poing entre les épaules. Le pauvre diable tomba comme un bœuf assommé et alla rouler sur les ordures, parmi les chiens furieux. Il était heureux pour lui qu'ils fussent muselés. L'homme aux cheveux rouges, qui était vêtu d'un costume de serge malpropre, poussa alors un rugissement de joie et resta là, titubant et en grand danger, me sembla-t-il, de tomber en arrière dans l'écoutille, ou de choir en avant sur sa victime.

Au moment où le second homme avait paru Montgomery avait violemment tressailli.

« Hé ! là-bas », cria-t-il d'un ton sec.

Deux matelots parurent sur le gaillard d'avant. Le noir, qui poussait des hurlements bizarres, se convulsait entre les pattes des chiens, sans que nul vînt à son secours. Les bêtes furieuses faisaient tous leurs efforts pour pouvoir le mordre entre les courroies des muselières. Leurs corps gris et souples se mêlaient en une lutte confuse par-dessus le noir qui se roulait en tous sens. Les deux matelots regardaient la scène comme si cela eût été un divertissement sans pareil. Montgomery laissa échapper une exclamation de colère et s'avança vers la meute.

A ce moment, le noir s'était relevé et gagnait l'avant en chancelant. Il se cramponna au bastingage, près des haubans de misaine, regardant les chiens par-dessus son épaule. L'homme aux cheveux rouges riait d'un gros rire satisfait.

« Dites donc, capitaine, ces manières-là ne me vont pas », dit Montgomery en secouant l'homme roux par le bras.

J'étais derrière le médecin. Le capitaine se tourna et regarda son interlocuteur avec les yeux mornes et solennels d'un ivrogne.

« Quoi ?... Qu'est-ce qui... ne vous va pas ? demanda-t-il... sale rebouteur ! Sale scieur d'os ! » ajouta-t-il, après avoir un instant fixé Montgomery d'un air endormi.

Il essaya de dégager son bras, mais après deux essais inutiles, il enfonça dans les poches de sa vareuse ses grosses pattes rousses.

« Cet homme est un passager, continua Montgomery, et je vous conseille de ne pas lever la main sur lui.

— Allez au diable ! hurla le capitaine. Je fais ce que je veux sur mon navire. »

Il tourna les talons, voulant gagner le bastingage.

Je pensais que Montgomery, le voyant ivre, allait le laisser, mais il devint seulement un peu plus pâle et suivit le capitaine.

« Vous entendez bien, capitaine, insista-t-il, je ne veux pas qu'on maltraite cet homme. Depuis qu'il est à bord, on n'a cessé de le brutaliser. »

Les fumées de l'alcool empêchèrent un instant le capitaine de répondre.

« Sale rebouteur ! » fut tout ce qu'il crut nécessaire de répliquer enfin.

Je vis bien que Montgomery avait fort mauvais caractère, et que cette querelle devait couver depuis longtemps.

« Cet homme est ivre, vous n'obtiendrez rien », dis-je un peu officieusement.

Montgomery fit faire une affreuse contorsion à sa lèvre pendante.

« Il est toujours ivre. Pensez-vous que ce soit une excuse pour assommer ses passagers ?

— Mon navire, commença le capitaine avec des gestes peu sûrs pour montrer les cages, mon navire était un bâtiment propre... Regardez-le maintenant. (Il était certainement rien moins que propre.) Mon équipage était propre et honorable...

— Vous avez accepté de prendre ces animaux.

— Je voudrais bien n'avoir jamais aperçu votre

île infernale. Que diable a-t-on besoin... de bêtes dans une île comme celle-là ? Et puis, votre domestique... j'avais cru que c'était un homme... mais c'est un fou... Il n'a rien à faire à l'arrière. Pensez-vous que tout le maudit bateau vous appartienne ?

— Depuis le premier jour, vos matelots n'ont pas cessé de brutaliser le pauvre diable.

— Oui ! c'est bien ce qu'il est... un diable, un ignoble diable... Mes hommes ne peuvent pas le sentir. Moi, je ne peux pas le voir. Personne ne peut le supporter. Ni vous non plus. »

Montgomery l'interrompit.

« N'importe, *vous*, vous devez laisser cet homme tranquille. »

Il accentuait ses paroles par d'énergiques hochements de tête ; mais le capitaine maintenant semblait vouloir continuer la querelle. Il éleva la voix.

« S'il revient encore par ici, je lui crève la panse. Oui, je lui crèverai sa maudite panse. Qui êtes-vous, *vous*, pour me donner des ordres, à *moi* ? Je suis le capitaine, et le navire m'appartient. Je suis la loi ici, vous dis-je — la loi et les prophètes. Il a été convenu que je mènerais un homme et son domestique à Arica et que je les ramènerais avec quelques animaux. Mais je n'avais pas fait marché de transporter un maudit idiot et un scieur d'os, un sale rebouteur, un... »

Mais peu importent les injures qu'il adressa à Montgomery. Je vis ce dernier faire un pas en avant, et je m'interposai :

« Il est ivre », dis-je.

Le capitaine vociférait des invectives de plus en plus grossières.

« Assez ! hein ? » fis-je en me tournant vivement vers lui, car j'avais vu le danger dans les yeux et dans la pâle figure de Montgomery, mais je réussis seulement à attirer sur moi l'averse d'injures.

J'étais heureux néanmoins d'avoir, au prix même de l'inimitié de l'ivrogne, écarté le péril d'une rixe. Je ne crois pas avoir entendu jamais autant de basses grossièretés couler en un flot continu des lèvres d'un homme, bien que j'aie, au cours de mes pérégrinations, fréquenté des compagnies pas mal excentriques. Il fut parfois si outrageant qu'il m'était difficile de rester calme — bien que je sois d'un caractère paisible. Mais, à coup sûr, en disant au capitaine de se taire, j'avais oublié que je n'étais guère qu'une épave humaine, privée de toutes ressources, et n'ayant pas payé mon passage — que je dépendais simplement de la générosité — ou de l'esprit spéculatif — du patron du bâtiment. Il sut me le rappeler avec une remarquable énergie.

Mais, en tous les cas, j'avais évité la rixe.

CHAPITRE II

MONTGOMERY PARLE

Au coucher du soleil, ce soir-là, on arriva en vue de terre, et la goélette se prépara à aborder. Montgomery m'annonça que cette île, l'île sans nom, était sa destination. Nous étions trop loin encore pour en distinguer les côtes : j'apercevais simplement une bande basse de bleu sombre dans le gris bleu incertain de la mer. Une colonne de fumée presque verticale montait vers le ciel.

Le capitaine n'était pas sur le pont quand la vigie annonça : terre ! Après avoir donné libre cours à sa colère, il était redescendu en titubant jusqu'à sa cabine et il s'était rendormi sur le plancher. Le second prit le commandement. C'était l'individu taciturne et maigre que nous avions vu à la barre et il paraissait, lui aussi, en fort mauvais termes avec Montgomery. Il ne faisait jamais la moindre attention à nous. Nous dînâmes avec lui, dans un silence maussade, après que j'eus inutilement essayé d'engager la conversation. Je m'aperçus aussi que les hommes d'équipage regardaient mon compagnon et ses animaux d'une manière singulièrement hostile. Montgomery était plein de réticences quand je l'interrogeai sur sa destination et sur ce qu'il voulait faire de ces bêtes ; mais bien que ma curiosité ne fît qu'augmenter, je n'insistai pas.

Nous restâmes à causer sur le tillac jusqu'à ce que le ciel fût criblé d'étoiles. La nuit était très tranquille, et troublée seulement par un bruit passager sur le gaillard d'avant ou quelques mouvements des animaux. Le puma, ramassé au fond de sa cage, nous observait avec ses yeux brillants, et les chiens étaient endormis. Nous allumâmes un cigare.

Montgomery se mit à me causer de Londres, sur un ton de demi-regret, me posant toute sorte de questions sur les changements récents. Il parlait comme un homme qui avait aimé la vie qu'il avait menée et qu'il avait dû quitter soudain et irrévocablement. Je lui répondais de mon mieux, en bavardant de choses et d'autres, et pendant ce temps tout ce qu'il y avait en lui d'étrange commençait à m'apparaître clairement. Tout en causant, j'examinais sa figure blême et bizarre, aux faibles lueurs de la lanterne de l'habitacle, qui éclairait la boussole et le compas de route. Puis mes yeux cherchèrent sur la mer obscure sa petite île cachée dans les ténèbres.

Cet homme, me semblait-il, était sorti de l'immensité, simplement pour me sauver la vie. Demain il quitterait le navire, et disparaîtrait de mon existence. Même en des circonstances plus banales, cela m'aurait rendu quelque peu pensif ; mais il y avait ici, tout d'abord, la singularité d'un homme d'éducation vivant dans cette petite île inconnue et ensuite, s'ajoutant à cela, l'extraordinaire nature de son bagage. Je me répétais la question du capitaine : Que voulait-il faire de ces animaux ? Pourquoi, aussi, lorsque j'avais fait mes premières remarques sur cette cargaison, avait-il prétendu qu'elle ne lui appartenait pas ? Puis encore il y avait dans l'aspect de son domestique quelque chose de bizarre qui m'impressionnait vivement. Tous ces détails enveloppaient cet homme d'une brume mystérieuse : ils s'emparaient de mon imagination et me gênaient pour l'interroger.

Vers minuit, notre conversation sur Londres s'épuisa, et nous demeurâmes coude à coude, penchés sur le bastingage, les yeux errant rêveusement sur la mer étoilée et silencieuse, chacun suivant ses pensées. C'était une excellente occasion de sentimentaliser et je me mis à causer de ma reconnaissance.

« Vous me laisserez bien dire que vous m'avez sauvé la vie.

— Le hasard, répondit-il ; rien que le hasard.

— Je préfère, quand même, adresser mes remerciements à celui qui en est l'instrument.

— Ne remerciez personne. Vous aviez besoin de secours ; j'avais le savoir et le pouvoir. Je vous ai soigné et soutenu de la même façon que j'aurais recueilli un spécimen rare. Je m'ennuyais considérablement et je sentais la nécessité de m'occuper. Si j'avais été dans un de mes jours d'inertie, ou si votre figure ne m'avait pas plu, eh bien !... je me demande où vous seriez maintenant. »

Ces paroles calmèrent quelque peu mes dispositions.

« En tout cas..., commençai-je.

— C'est pure chance, je vous affirme, interrompit-il, comme tout ce qui arrive dans la vie d'un homme. Il n'y a que les imbéciles qui ne le voient pas. Pourquoi suis-je ici, maintenant — proscrit de la civilisation —, au lieu d'être un homme heureux et de jouir de tous les plaisirs de Londres ? Tout simplement, parce que, il y a onze ans, par une nuit de brouillard, j'ai perdu la tête pendait dix minutes. »

Il s'arrêta.

« Vraiment ? dis-je.

— C'est tout. »

Nous retombâmes dans le silence. Soudain, il se mit à rire.

« Il y a quelque chose, dans cette nuit étoilée, qui vous délie la langue. Je sais bien que c'est imbécile, mais cependant il me semble que j'aimerais vous raconter...

— Quoi que vous me disiez, vous pouvez compter que je garderai pour moi... Si c'est là ce que... »

Il était sur le point de commencer, mais il secoua la tête d'un air de doute.

« Ne dites rien, continuai-je, peu m'importe.

Après tout, il vaut mieux garder votre secret. Vous ne gagnerez qu'un mince soulagement si j'accepte votre confidence. Sinon... ma foi ?... »

Il marmotta quelques mots indécis. Je sentais que je le prenais à son désavantage, que je l'avais surpris dans une disposition à l'épanchement, et, à dire vrai, je n'étais pas curieux de savoir ce qui avait pu amener si loin de Londres un étudiant en médecine. J'ai aussi une imagination. Je haussai les épaules et m'éloignai. Sur la lisse de poupe, était penchée une forme noire et silencieuse, regardant fixement les vagues. C'était l'étrange domestique de Montgomery. Quand j'approchai, il jeta un rapide coup d'œil par-dessus son épaule, puis reprit sa contemplation.

Cela vous paraîtra sans doute une chose insignifiante, mais j'en fus néanmoins fort vivement frappé. La seule lumière qu'il y eût près de nous était la lanterne de la boussole. La figure de cette créature se tourna, l'espace d'une seconde, de l'obscurité du tillac vers la clarté de la lanterne, et je vis alors que les yeux qui me regardaient brillaient d'une pâle lueur verte.

Je ne savais pas, alors, qu'une luminosité rougeâtre n'est pas rare dans les yeux humains, et ce reflet vert me parut être absolument inhumain. Cette face noire avec ses yeux de feu, bouleversa toutes mes pensées et mes sentiments d'adulte, et pendant un moment les terreurs oubliées de mon enfance envahirent mon esprit. Puis l'effet se passa comme il était venu. Je ne voyais plus qu'une bizarre forme noire, accoudée sur la lisse du couronnement, et j'entendis Montgomery qui me parlait.

« Je pense qu'on pourrait rentrer, disait-il, si vous en avez assez. »

Je lui fis une réponse imprécise et nous descendîmes. A la porte de ma cabine, il me souhaita bonne nuit.

Pendant mon sommeil, j'eus quelques rêves fort désagréables. La lune décroissante se leva tard. Sa clarté jetait à travers ma cabine un pâle et fantomatique rayon qui dessinait des ombres sinistres. Puis les chiens s'éveillèrent et se mirent à aboyer et à hurler, de sorte que mon sommeil fut agité de cauchemars et que je ne pus guère vraiment dormir qu'à l'approche du jour.

CHAPITRE III

L'ABORDAGE DANS L'ÎLE

Au petit matin — c'était le second jour après mon retour à la vie, et le quatrième après que j'avais été recueilli par la goélette — je m'éveillai au milieu de rêves tumultueux, rêves de canons et de multitudes hurlantes, et j'entendis, au-dessus de moi, des cris enroués et rauques. Je me frottai les yeux, attentif à ces bruits et me demandant encore dans quel lieu je pouvais bien me trouver. Puis il y eut un trépignement de pieds nus, des chocs d'objets pesants que l'on remuait, un craquement violent et un cliquetis de chaînes. J'entendis le tumulte des vagues contre la goélette qui virait de bord et un flot d'écume d'un vert jaunâtre vint se briser contre le petit hublot rond qui ruissela. Je passai mes vêtements en hâte et montai sur le pont.

En arrivant à l'écoutille, j'aperçus contre le ciel rose — car le soleil se levait — le dos large et la tête rousse du capitaine, et, par-dessus son épaule, la cage du puma se balançant à une poulie attachée à la bôme de misaine. La pauvre bête semblait horriblement effrayée et se blottissait au fond de sa petite cage.

« Par-dessus bord, par-dessus bord, toute cette vermine ! braillait le capitaine. Le navire va être propre maintenant, bon Dieu, le navire va bientôt être propre ! »

Il me barrait le passage, de sorte que, pour arriver sur le pont, il me fallut lui mettre la main sur l'épaule. Il se retourna en sursautant, et tituba en arrière de quelques pas pour mieux me voir. Il ne fallait pas être bien expert pour affirmer que l'homme était encore ivre.

« Tiens ! tiens ! » fit-il, avec un air stupide.

Puis une lueur passa dans ses yeux.

« Mais... c'est Mister... Mister... ?

— Prendick, lui dis-je.

— Au diable avec Prendick ! s'exclama-t-il. Fermez ça, voilà votre nom. Mister Fermez-ça ! »

Il ne valait pas la peine de répondre à cette brute, mais je ne m'attendais certes pas au tour qu'il allait me jouer. Il étendit sa main vers le passavant auprès duquel Montgomery causait avec un personnage de haute taille, aux cheveux blancs, vêtu de flanelle bleue et sale, et qui, sans doute, venait d'arriver à bord.

« Par là ! Espèce de Fermez-ça ! Par là ! » rugissait le capitaine.

Montgomery et son compagnon, entendant ses cris, se retournèrent.

« Que voulez-vous dire ? demandai-je.

— Par là ! Espèce de Fermez-ça — voilà ce que je veux dire. Par-dessus bord, Mister Fermez-ça ! — et vite ! On déblaie et on nettoie ! On débarrasse mon bienheureux navire, et *vous*, vous allez passer par-dessus bord. »

Je le regardais, stupéfait. Puis il me vint à l'idée que c'était justement ce que je demandais. La perspective d'une traversée à faire comme seul passager en compagnie de cette brute irascible n'était guère tentante. Je me tournai vers Montgomery.

« Nous ne pouvons vous prendre, répondit sèchement son compagnon.

— Vous ne pouvez me prendre ? » répétai-je, consterné.

Cet homme avait la figure la plus volontaire et la plus résolue que j'aie jamais rencontrée.

« Dites donc ? commençai-je, en me tournant vers le capitaine.

— Par-dessus bord ! répondit l'ivrogne. Mon navire n'est pas pour les bêtes, ni pour des gens pires que des bêtes. Vous passerez par-dessus bord ! Mister Fermez-ça ! S'ils ne veulent pas de vous, on vous laissera à la dérive. Mais n'importe comment, vous débarquez — avec vos amis. On ne m'y verra plus dans cette maudite île. Amen ! J'en ai assez !

— Mais, Montgomery... » implorai-je.

Il tordit sa lèvre inférieure, hocha la tête en indiquant le grand vieillard, pour me dire son impuissance à me sauver.

« Attendez ! je vais m'occuper de vous », dit le capitaine.

Alors commença un curieux débat à trois. Je m'adressai alternativement aux trois hommes, d'abord au personnage à cheveux blancs pour qu'il me permît d'aborder, puis au capitaine ivrogne pour qu'il me gardât à bord, et aux matelots eux-mêmes. Montgomery ne desserrait pas les dents et se contentait de hocher la tête.

« Je vous dis que vous passerez par-dessus bord ! Au diable la loi ! Je suis maître ici ! » répétait sans cesse le capitaine.

Enfin, je m'arrêtai court aux violentes menaces commencées, et me réfugiai à l'arrière, ne sachant plus que faire.

Pendant ce temps, l'équipage procédait avec rapidité au débarquement des caisses, des cages et des animaux. Une large chaloupe, gréée en lougre, se tenait sous l'écoute de la goélette, et on y empilait l'étrange ménagerie. Je ne pouvais voir alors ceux qui recevaient les caisses, car la coque de la chaloupe m'était dissimulée par le flanc de notre bâtiment.

Ni Montgomery, ni son compagnon ne faisaient la moindre attention à moi ; ils étaient fort occupés à aider et à diriger les matelots qui déchargeaient leur bagage. Le capitaine s'en mêlait aussi, mais fort maladroitement.

Il me venait alternativement à l'idée les résolutions les plus téméraires et les plus désespérées. Une fois ou deux, en attendant que mon sort se décidât, je ne pus m'empêcher de rire de ma misérable perplexité. Je n'avais encore rien pris, et cela me rendait malheureux, plus malheureux encore. La faim et l'absence d'un certain nombre de corpuscules du sang suffisent à enlever tout courage à un homme. Je me rendais bien compte que je n'avais pas les forces nécessaires pour résister au capitaine qui voulait m'expulser, ni pour m'imposer à Montgomery et à son compagnon. Aussi, attendis-je passivement le tour que prendraient les événements — et le transfert de la cargaison de Montgomery dans la chaloupe continuait comme si je n'avais pas existé.

Bientôt le transbordement fut terminé. Alors, je fus traîné, en n'opposant qu'une faible résistance, jusqu'au passavant, et c'est à ce moment que je remarquai l'étrangeté des personnages qui étaient avec Montgomery dans la chaloupe. Mais celle-ci, n'attendant plus rien, poussa au large rapidement. Un gouffre d'eau verte s'élargit devant moi, et je me rejetai en arrière de toutes mes forces pour ne pas tomber la tête la première.

Les gens de la chaloupe poussèrent des cris de dérision, et j'entendis Montgomery les invectiver. Puis le capitaine, le second et l'un des matelots me ramenèrent à la poupe. Le canot de la *Dame Altière* était resté à la remorque. Il était à demi rempli d'eau, n'avait pas d'avirons et ne contenait aucune provision. Je refusai de m'y embarquer et me laissai tomber de tout mon long sur le pont. Enfin, ils réussirent à m'y faire descendre au moyen d'une corde — car ils n'avaient pas d'échelle d'arrière — et coupèrent la remorque.

Je m'éloignai de la goélette, en dérivant lentement. Avec une sorte de stupeur, je vis tout l'équipage se mettre à la manœuvre et tranquillement la goélette vira de bord pour prendre le vent. Les voiles palpitèrent et s'enflèrent sous la poussée de la brise. Je regardais fixement son flanc fatigué par les flots donner de la bande vers moi ; puis elle s'éloigna rapidement.

Je ne détournai pas la tête pour la suivre des yeux, croyant à peine ce qui venait d'arriver. Je m'affalai au fond du canot, abasourdi et contemplant confusément la mer calme et vide.

Puis, je me rendis compte que je me trouvais de nouveau dans ce minuscule enfer, prêt à couler bas. Jetant un regard par-dessus le plat-bord, j'aperçus la goélette qui reculait dans la distance et par-dessus la lisse d'arrière la tête du capitaine qui me criait des railleries. Me tournant vers l'île, je vis la chaloupe diminuant aussi à mesure qu'elle approchait du rivage.

Soudain, la cruauté de cet abandon m'apparut clairement. Je n'avais aucun moyen d'atteindre le bord à moins que le courant ne m'y entraînât. J'étais encore affaibli par les jours de fièvre et de jeûne supportés récemment, et je défaillais de besoin, sans quoi j'aurais eu plus de cœur. Je me mis tout à coup à sangloter et à pleurer, comme je ne l'avais plus fait depuis mon enfance. Les larmes me coulaient au long des joues. Pris d'un accès de désespoir, je donnai de grands coups de poing dans l'eau qui emplissait le fond du canot, et de sauvages coups de pied contre les plats-bords. A haute voix, je suppliai la divinité de me laisser mourir.

Je dérivai très lentement vers l'est, me rapprochant de l'île, et bientôt je vis la chaloupe virer de bord et revenir de mon côté. Elle était lourdement chargée et, quand elle fut plus près, je pus distinguer les larges épaules et la tête blanche du compagnon de Montgomery, installé avec les chiens et diverses caisses entre les écoutes d'arrière. Il me regardait fixement sans bouger ni parler. L'estropié à la face noire blotti près de la cage du puma, à l'avant, fixait aussi sur moi ses yeux farouches. Il y avait, de plus, trois autres hommes, d'étranges êtres à l'aspect de brutes, après lesquels les chiens grondaient sauvagement. Montgomery, qui tenait la barre, amena son embarcation contre la mienne et, se penchant, il attacha l'avant de mon canot à l'arrière de la chaloupe pour me prendre en remorque — car il n'y avait pas de place pour me faire monter à bord.

Mon accès de découragement était maintenant passé et je répondis assez bravement à l'appel qu'il me lança en approchant. Je lui dis que le canot était à moitié empli d'eau et il me passa un gamelot. Au moment où la corde qui liait les deux embarcations se tendit, je trébuchai en arrière, mais je me mis à écoper activement mon canot, ce qui dura un certain temps.

Ma petite embarcation était en parfait état, et l'eau qu'elle contenait était venue seulement par-dessus bord ; lorsqu'elle fut vidée, j'eus enfin le loisir d'examiner à nouveau l'équipage de la chaloupe.

L'homme aux cheveux blancs m'observait encore attentivement, mais maintenant, me sembla-t-il, avec une expression quelque peu perplexe. Quand mes yeux rencontrèrent les siens, il baissa la tête et regarda le chien qui était couché entre ses jambes. C'était un homme puissamment bâti, avec un très beau front et des traits plutôt épais ; il avait sous les yeux ce bizarre affaissement de la peau qui vient souvent avec l'âge, et les coins tombant de sa grande bouche lui donnaient une expression de volonté combative. Il causait avec Montgomery, mais trop bas pour que je pusse entendre.

Mes yeux le quittèrent pour examiner les trois hommes d'équipage, et c'étaient là de fort étranges matelots. Je ne voyais que leurs figures, et il y avait sur ces visages quelque chose d'indéfinissable qui me produisait une singulière nausée. Je les examinai plus attentivement sans que cette impression se dissipât ni que je pusse me rendre compte de ce qui l'occasionnait. Ils me semblaient alors être des hommes au teint foncé, mais leurs membres, jusqu'aux doigts des mains et des pieds, étaient emmaillotés dans une sorte d'étoffe mince d'un blanc sale. Jamais encore, à part certaines femmes en Orient, je n'avais vu gens aussi complètement enveloppés. Ils portaient également des turbans sous lesquels leurs yeux m'épiaient. Leur mâchoire inférieure faisait saillie ; ils avaient des cheveux noirs, longs et plats, et, assis, ils me paraissaient être d'une stature supérieure à celle des diverses races d'hommes que j'avais vues ; ils dépassaient de la tête l'homme aux cheveux blancs, qui avaient bien six pieds de haut. Peu après, je m'aperçus qu'ils n'étaient en réalité pas plus grands que moi, mais que leur buste était d'une longueur anormale et que la partie de leurs membres inférieurs qui correspondait à la cuisse était fort courte et curieusement tortillée. En tout cas, c'était une équipe extraordinairement laide et au-dessus d'eux, sous la voile d'avant, je voyais la face noire de l'homme dont les yeux étaient lumineux dans les ténèbres.

Pendant que je les examinais, ils rencontrèrent mes yeux, et chacun d'eux détourna la tête pour fuir mon regard direct, tandis qu'ils m'observaient encore furtivement. Je me figurai que je les ennuyais sans doute et je portai toute mon attention sur l'île dont nous approchions.

La côte était basse et couverte d'épaisses végétations, principalement d'une espèce de palmier. D'un endroit, un mince filet de vapeur blanche s'élevait obliquement jusqu'à une grande hauteur et là s'éparpillait comme un duvet. Nous entrions maintenant dans une large baie flanquée, de chaque côté, par un promontoire bas. La plage était de sable d'un gris terne et formait un talus en pente rapide jusqu'à une arête haute de soixante ou de soixante-dix pieds au-dessus de la mer et irrégulièrement garnie d'arbres et de broussailles. A mi-côte, se trouvait un espace carré, enclos de murs construits, comme je m'en rendis compte plus tard, en partie de coraux et en partie de lave et de pierre ponce. Au-dessus de l'enclos se voyaient deux toits de chaume.

Un homme nous attendait, debout sur le rivage. Il me sembla voir, de loin, d'autres créatures grotesques s'enfuir dans les broussailles des pentes, mais de près je n'en vis plus rien. L'homme qui attendait avait une taille moyenne, une face négroïde, une bouche large et presque sans lèvres, des bras extrêmement longs et grêles, de grands pieds étroits et des jambes arquées. Il nous regardait venir, sa tête bestiale projetée en avant. Comme Montgomery et son compagnon, il était vêtu d'une blouse et d'un pantalon de serge bleue.

Quand les embarcations approchèrent, cet individu commença à courir en tous sens sur le rivage en faisant les plus grotesques contorsions. Sur un ordre de Montgomery, les quatre hommes de la chaloupe se levèrent, avec des gestes singulièrement maladroits, et amenèrent les voiles. Montgomery gouverna habilement dans une sorte de petit dock étroit creusé dans la grève, et juste assez long, à cette heure de la marée, pour abriter la chaloupe.

J'entendis les quilles racler le fond ; avec le gamelot, j'empêchai mon canot d'écraser le gouvernail de la chaloupe, et, détachant le cordage, j'abordai. Les trois hommes emmaillotés se hissèrent hors de la chaloupe, et, avec les contorsions les plus gauches, se mirent immédiatement à décharger l'embarcation, aidés par l'homme du rivage qui était accouru les rejoindre. Je fus particulièrement frappé par les curieux mouvements des jambes des trois matelots emmaillotés et bandés — ces mouvements n'étaient ni raides ni gênés, mais défigurés d'une façon bizarre, comme si les jointures eussent été à l'envers. Les chiens continuaient à tirer sur leurs chaînes et à gronder vers ces gens, tandis que l'homme aux cheveux blancs abordait en les maintenant.

Les trois créatures aux longs bustes échangeaient des sons étrangement gutturaux, et l'homme qui nous avait attendus sur la plage se mit à leur parler avec agitation — un dialecte inconnu pour moi — au moment où ils mettaient la main sur quelques ballots entassés à l'arrière de la chaloupe. J'avais entendu quelque part des sons semblables sans pouvoir me rappeler en quel endroit.

L'homme aux cheveux blancs, retenant avec peine ses chiens excités, criait des ordres dans le tapage de leurs aboiements. Montgomery, après avoir enlevé le gouvernail, sauta à terre et se mit à diriger le déchargement. Après mon long jeûne et sous ce soleil brûlant ma tête nue, je me sentais trop faible pour offrir mon aide.

Soudain l'homme aux cheveux blancs parut se souvenir de ma présence et s'avança vers moi.

« Vous avez la mine de quelqu'un qui n'a pas déjeuné », dit-il.

Ses petits yeux brillaient, noirs, sous ses épais sourcils.

« Je vous fais mes excuses de n'y avoir pas pensé plus tôt... maintenant, vous êtes notre hôte, et nous allons vous mettre à l'aise, bien que vous n'ayez pas été invité, vous savez. »

Ses yeux vifs me regardaient bien en face.

« Montgomery me dit que vous êtes un homme instruit, monsieur Prendick..., que vous vous occupez de science. Puis-je vous demander de plus amples détails ? »

Je lui racontai que j'avais étudié pendant quelques années au Collège Royal des Sciences, et que j'avais fait diverses recherches biologiques sous la direction de Huxley. A ces mots, il éleva légèrement les sourcils.

« Cela change un peu les choses, monsieur Prendick, dit-il, avec un léger respect dans le ton de ses paroles. Il se trouve que, nous aussi, nous sommes des biologistes. C'est ici une station biologique... en un certain sens. »

Ses yeux suivaient les êtres vêtus de blanc qui traînaient, sur des rouleaux, la cage du puma vers l'enclos.

« Nous sommes biologistes... Montgomery et moi, du moins », ajouta-t-il.

Puis, au bout d'un instant, il reprit :

« Je ne puis guère vous dire quand vous pourrez partir d'ici. Nous sommes en dehors de toute route connue. Nous ne voyons de navire que tous les douze ou quinze mois. »

Il me laissa brusquement, grimpa le talus, rattrapa le convoi du puma et entra, je crois, dans l'enclos. Les deux autres hommes étaient restés avec Montgomery et entassaient sur un petit chariot à roues basses une pile de bagages de moindres dimensions. Le lama était encore dans la chaloupe avec les cages à lapins, et une seconde meute de chiens était restée attachée à un banc. Le chariot étant chargé, les trois hommes se mirent à le haler dans la direction de l'enclos, à la suite du puma. Bientôt Montgomery revint et me tendit la main.

« Pour ma part, dit-il, je suis bien content. Ce capitaine était un sale bougre. Il vous aurait fait la vie dure.

— C'est vous, qui m'avez encore sauvé.

— Cela dépend. Vous verrez bientôt que cette île est un endroit infernal, je vous le promets. A votre place, j'examinerais soigneusement mes faits et gestes. *Il...* »

Il hésita et parut changer d'avis sur ce qu'il allait dire.

« Voulez-vous m'aider à décharger ces cages ? » me demanda-t-il.

Il procéda d'une façon singulière avec les lapins. Je l'aidai à descendre à terre une des cages, et cela à peine fait, il en détacha le couvercle et, la penchant, renversa sur le sol tout son contenu grouillant. Les lapins dégringolèrent en tas, les uns par-dessus les autres. Il frappa dans ses mains et une vingtaine de ces bêtes, avec leur allure sautillante, grimpèrent la pente à toute vitesse.

« Croissez et multipliez, mes amis, repeuplez l'île. Nous manquions un peu de viande ces temps derniers », fit Montgomery.

Pendant que je les regardais s'enfuir, l'homme aux cheveux blancs revint avec un flacon d'eau-de-vie et des biscuits.

« Voilà de quoi passer le temps, Prendick », me dit-il d'un ton beaucoup plus familier qu'auparavant.

Sans faire de cérémonie, je me mis en devoir de manger les biscuits, tandis que l'homme aux cheveux blancs aidait Montgomery à lâcher encore une vingtaine de lapins. Néanmoins trois grandes cages pleines furent menées vers l'enclos.

Je ne touchai pas à l'eau-de-vie, car je me suis toujours abstenu d'alcool.

CHAPITRE IV

L'OREILLE POINTUE

Tout ce qui m'entourait me semblait alors fort étrange et ma position était le résultat de tant d'aventures imprévues que je ne discernais pas d'une façon distincte l'anomalie de chaque chose en particulier. Je suivis la cage du lama que l'on dirigeait vers l'enclos, et je fus rejoint par Montgomery qui me pria de ne pas franchir les murs de pierre. Je remarquai alors que le puma dans sa cage, et la pile des autres bagages avaient été placés en dehors de l'entrée de l'enclos.

En me retournant, je vis qu'on avait achevé de décharger la chaloupe et qu'on l'avait échouée sur le sable. L'homme aux cheveux blancs s'avança vers nous et s'adressa à Montgomery.

« Il s'agit maintenant de s'occuper de cet hôte inattendu. Qu'allons-nous faire de lui ?

— Il a de solides connaissances scientifiques, répondit Montgomery.

— Je suis impatient de me remettre à l'œuvre sur ces nouveaux matériaux, dit l'homme en faisant un signe de tête du côté de l'enclos, tandis que ses yeux brillaient soudain.

— Je le pense bien ! répliqua Montgomery d'un ton rien moins que cordial.

— Nous ne pouvons pas l'envoyer là-bas, et nous n'avons pas le temps de lui construire une nouvelle cabane. Nous ne pouvons certes pas non plus le mettre dès maintenant dans notre confidence.

— Je suis entre vos mains », dis-je.

Je n'avais aucune idée de ce qu'il voulait dire en parlant de *là-bas*.

« J'ai déjà pensé à tout cela, répondit Montgomery. Il y a ma chambre avec la porte extérieure...

— C'est parfait », interrompit vivement le vieillard.

Nous nous dirigeâmes tous trois du côté de l'enclos.

« Je suis fâché de tout ce mystère, monsieur Prendick — mais nous ne vous attendions pas. Notre petit établissement cache un ou deux secrets : c'est, en somme, la chambre de Barbe-Bleue, mais, en réalité, ce n'est rien de bien terrible... pour un homme sensé. Mais, pour le moment... comme nous ne vous connaissons pas...

— Certes, répondis-je, je serais bien mal venu de m'offenser de vos précautions. »

Sa grande bouche se tordit en un faible sourire et il eut un hochement de tête pour reconnaître mon amabilité. Il était de ces gens taciturnes qui souriant en abaissant les coins de la bouche. Nous passâmes devant l'entrée principale de l'enclos. C'était une lourde barrière de bois, encadrée de ferrures et solidement fermée, auprès de laquelle la cargaison était entassée ; au coin, se trouvait une petite porte que je n'avais pas encore remarquée. L'homme aux cheveux blancs sortit un trousseau de clefs de la poche graisseuse de sa veste bleue, ouvrit la porte et entra. Ces clefs et cette fermeture compliquée me surprirent tout particulièrement.

Je le suivis et me trouvai dans une petite pièce, meublée simplement, mais avec assez de confort et dont la porte intérieure, légèrement entrebâillée, s'ouvrait sur une cour pavée. Montgomery alla immédiatement clore cette porte. Un hamac était suspendu dans le coin le plus sombre de la pièce, et une fenêtre exiguë sans vitres, défendue par une barre de fer, prenait jour du côté de la mer.

Cette pièce, me dit l'homme aux cheveux blancs, devait être mon logis, et la porte intérieure qu'il allait, par crainte d'accident, ajouta-t-il, condamner de l'autre côté, était une limite que je ne devais pas franchir. Il attira mon attention sur un fauteuil pliant installé commodément devant la fenêtre, et sur un rayon près du hamac, une rangée de vieux livres, parmi lesquels se trouvaient surtout des manuels de chirurgie et des éditions de classiques latins et grecs — que je ne peux lire qu'assez difficilement.

Il sortit par la porte extérieure, comme s'il eût voulu éviter d'ouvrir une seconde fois la porte intérieure.

« Nous prenons ordinairement nos repas ici », m'apprit Montgomery ; puis, comme s'il lui venait un doute soudain, il sortit pour rattraper l'autre.

« Moreau ! » l'entendis-je appeler, sans, à ce moment, remarquer particulièrement ces syllabes.

Un instant après, pendant que j'examinais les livres, elles me revinrent à l'esprit. Où pouvais-je bien avoir entendu ce nom ?

Je m'assis devant la fenêtre, et me mis à manger avec appétit les quelques biscuits qui me restaient.

« Moreau ?... »

Par la fenêtre, j'aperçus l'un de ces êtres extraordinaires vêtus de blanc, qui traînait une caisse sur le sable. Bientôt, il fut caché par le châssis. Puis, j'entendis une clef entrer dans la serrure et fermer à double tour la porte intérieure. Peu de temps après, derrière la porte close, je perçus le bruit que faisaient les chiens qu'on avait amenés de la chaloupe. Ils n'aboyaient pas, mais reniflaient et grondaient d'une manière curieuse. J'entendais leur incessant piétinement et la voix de Montgomery qui leur parlait pour les calmer.

Je me sentais fort impressionné par les multiples précautions que prenaient les deux hommes pour tenir secret le mystère de leur enclos. Pendant longtemps, je pensai à cela et à ce qu'avait d'inexplicablement familier le nom de Moreau. Mais la mémoire humaine est si bizarre que je ne pus alors rien me rappeler de ce qui concernait ce nom bien connu. Ensuite, mes pensées se tournèrent vers l'indéfinissable étrangeté de l'être difforme emmailloté de blanc que je venais de voir sur le rivage.

Je n'avais encore jamais rencontré de pareille allure, de mouvements aussi baroques que ceux qu'il avait en traînant la caisse. Je me souviens qu'aucun de ces hommes ne m'avait parlé, bien qu'ils m'eussent à diverses reprises examiné d'une façon singulièrement furtive et tout à fait différente du regard franc de l'ordinaire sauvage. Je me demandais quel était leur langage. Tous m'avaient paru particulièrement taciturnes, et quand ils parlaient c'était avec une voix des plus anormales. Que pouvaient-ils bien avoir ? Puis je revis les yeux du domestique mal bâti de Montgomery.

A ce moment même où je pensais à lui, il entra. Il était maintenant revêtu d'un habillement blanc et portait un petit plateau sur lequel se trouvaient des légumes bouillis et du café. Je pus à peine réprimer un frisson de répugnance en le voyant faire une aimable révérence et poser le plateau sur la table devant moi.

Je fus paralysé par l'étonnement. Sous les longues mèches plates de ses cheveux, j'aperçus son oreille. Je la vis tout à coup, très proche. L'homme avait des oreilles pointues et couvertes de poils bruns très fins.

« Votre déjeuner, messié », dit-il.

Je le considérais fixement sans songer à lui répondre. Il tourna les talons et se dirigea vers la porte en m'observant bizarrement par-dessus l'épaule.

Tandis que je le suivais des yeux, il me revint en tête — par quel procédé mental inconscient — une phrase qui fit retourner ma mémoire de dix ans en arrière. Elle flotta imprécise en mon esprit pendant un moment, puis je revis un titre en lettres rouges : LE DOCTEUR MOREAU, sur la couverture chamois d'une brochure révélant des expériences qui vous donnaient, à les lire, la chair de poule. Ensuite mes souvenirs se précisèrent, et cette brochure depuis longtemps oubliée me revint en mémoire, avec une surprenante netteté. J'étais encore bien jeune à cette époque, et Moreau devait avoir au moins la cinquantaine. C'était un physiologiste fameux et de première force, bien connu dans les cercles scientifiques pour son extraordinaire imagination et la brutale franchise avec laquelle il exposait ses opinions. Était-ce le même Moreau que je venais de voir ? Il avait fait connaître, sur la transfusion du sang, certains faits des plus étonnants et, de plus, il s'était acquis une grande réputation par des travaux sur les fermentations morbides. Soudain, cette belle carrière prit fin ; il dut quitter l'Angleterre. Un journaliste s'était fait admettre à son laboratoire en qualité d'aide, avec l'intention bien arrêtée de surprendre et de publier des secrets sensationnels ; puis, par suite d'un accident désagréable — si ce fut un accident — sa brochure révoltante acquit une notoriété énorme. Le jour même de la publication, un misérable chien, écorché vif et diversement mutilé, s'échappa du laboratoire de Moreau.

Cela se passait dans la morte-saison des nouvelles, et un habile directeur de journal, cousin du faux aide de laboratoire, en appela à la conscience de la nation tout entière. Ce ne fut pas la première fois que la conscience se tourna contre la méthode expérimentale ; on poussa de tels hurlements que le docteur dut simplement quitter le pays. Il est possible qu'il ait mérité cette réprobation, mais je m'obstine à considérer comme une véritable honte le chancelant appui que le malheureux savant trouva auprès de ses confrères et la façon indigne dont il fut lâché par les hommes de science. D'après les révélations du journaliste, certaines de ses expériences étaient inutilement cruelles. Il aurait peut-être pu faire sa paix avec la société, en abandonnant ces investigations, mais il dut sans aucun doute préférer ses travaux, comme l'auraient fait à sa place la plupart des gens qui ont une fois cédé à l'enivrement des découvertes scientifiques. Il était célibataire et il n'avait en somme qu'à considérer ses intérêts personnels...

Je finis par me convaincre que j'avais retrouvé ce même Moreau. Tout m'amenait à cette conclusion. Et je compris alors à quel usage étaient destinés le puma et tous les animaux qu'on avait maintenant rentrés, avec tous les bagages, dans la cour, derrière mon logis. Une odeur ténue et bizarre, rappelant vaguement quelque exhalaison familière, et dont je ne m'étais pas encore rendu compte, revint agiter mes souvenirs. C'était l'odeur antiseptique des salles d'opérations. J'entendis, derrière le mur, le puma rugir, et l'un des chiens hurla comme s'il venait d'être blessé.

Cependant, la vivisection n'avait rien de si horrible — surtout pour un homme de science — qui pût servir à expliquer toutes ces précautions mystérieuses. D'un bond imprévu et soudain, ma pensée revint, avec une netteté parfaite, aux oreilles pointues et aux yeux lumineux du domestique de Montgomery. Puis mon regard erra sur la mer verte, qui écumait sous une brise fraîchissante et les souvenirs étranges de ces derniers jours occupèrent toutes mes pensées.

Qu'est-ce que tout cela signifiait ? Un enclos fermé sur une île déserte, un vivisecteur trop fameux et ces êtres estropiés et difformes ?

Vers une heure, Montgomery entra, me tirant ainsi du pêle-mêle d'énigmes et de soupçons où je me débattais. Son grotesque domestique le suivait portant un plateau sur lequel se trouvaient divers légumes cuits, un flacon de whisky, une carafe d'eau, trois verres et trois couteaux. J'observai du coin de l'œil l'étrange créature tandis qu'il m'épiait aussi avec ses singuliers yeux fuyants. Montgomery m'annonça qu'il venait déjeuner avec moi, mais que Moreau, trop occupé par de nouveaux travaux, ne viendrait pas.

« Moreau ! dis-je, je connais ce nom.

— Comment ?... Ah ! bien, du diable alors ! Je ne suis qu'un âne de l'avoir prononcé, ce nom ! J'aurais dû y penser. N'importe, comme cela, vous aurez quelques indices de nos mystères. Un peu de whisky ?

— Non, merci — je ne prends jamais d'alcool.

— J'aurais bien dû faire comme vous. Mais maintenant... A quoi bon fermer la porte quand le voleur est parti ? C'est cette infernale boisson qui m'a amené ici... elle et une nuit de brouillard. J'avais cru à une bonne fortune pour moi quand Moreau m'offrit de m'emmener. C'est singulier...

— Montgomery, dis-je tout à coup, au moment où la porte extérieure se refermait, pourquoi votre homme a-t-il des oreilles pointues ? »

Il eut un juron, la bouche pleine, me regarda fixement pendant un instant et répéta :

« Des oreilles pointues ?...

— Oui, continuai-je, avec tout le calme possible malgré ma gorge serrée, oui, ses oreilles se terminent en pointe et sont garnies d'un fin poil noir. »

Il se servit du whisky et de l'eau avec une assurance affectée et affirma :

« Il me semblait que... ses cheveux couvraient ses oreilles.

— Sans doute, mais je les ai vues quand il

s'est penché pour poser sur la table le café que vous m'avez envoyé ce matin. De plus, ses yeux sont lumineux dans l'obscurité. »

Montgomery s'était remis de la surprise causée par ma question.

« J'avais toujours pensé, prononça-t-il délibérément et en accentuant son zézaiement, que ses oreilles avaient quelque chose de bizarre... La manière dont il les couvrait... A quoi ressemblaient-elles ? »

La façon dont il me répondit tout cela me convainquit que son ignorance était feinte. Pourtant, il m'était difficile de lui dire qu'il mentait.

« Elles étaient pointues, répétai-je, pointues... plutôt petites... et poilues... oui, très distinctement poilues... mais cet homme, tout entier, est bien l'un des êtres les plus étranges qu'il m'ait été donné de voir. »

Le hurlement violent et rauque d'un animal qui souffre nous vint de derrière le mur qui nous séparait de l'enclos. Son ampleur et sa profondeur me le firent attribuer au puma. Montgomery eut un soubresaut d'inquiétude.

« Ah ! fit-il.

— Où avez-vous rencontré ce bizarre individu ?

— Euh... euh... à San Francisco... J'avoue qu'il a l'air d'une vilaine brute... A moitié idiot, vous savez. Je ne me rappelle plus d'où il venait. Mais, n'est-ce pas, je suis habitué à lui... et lui à moi. Quelle impression vous fait-il ?

— Il ne fait pas l'effet d'être naturel. Il y a quelque chose en lui... Ne croyez pas que je plaisante... Mais il donne une petite sensation désagréable, une crispation des muscles quand il m'approche. Comme un contact... diabolique, en somme... »

Pendant que je parlais, Montgomery s'était interrompu de manger.

« C'est drôle, constata-t-il, je ne ressens rien de tout cela. »

Il reprit des légumes.

« Je n'avais pas la moindre idée de ce que vous me dites, continua-t-il la bouche pleine. L'équipage de la goélette... dut éprouver la même chose... Ils tombaient tous à bras raccourcis sur le pauvre diable... Vous avez vu, vous-même, le capitaine ?... »

Tout à coup le puma se remit à hurler et cette fois plus douloureusement. Montgomery émit une série de jurons à voix basse. Il me vint à l'idée de l'entreprendre au sujet des êtres de la chaloupe, mais la pauvre bête, dans l'enclos, laissa échapper une série de cris aigus et courts.

« Les gens qui ont déchargé la chaloupe, questionnai-je, de quelle race sont-ils ?

— De solides gaillards, hein ? » répondit-il distraitement, en fronçant les sourcils, tandis que l'animal continuait à hurler.

Je n'ajoutai rien de plus. Il me regarda avec ses mornes yeux gris et se servit du whisky. Il essaya de m'entraîner dans une discussion sur l'alcool, prétendant m'avoir sauvé la vie avec ce seul remède, et semblant vouloir attacher une grande importance au fait que je lui devais la vie. Je lui répondais à tort et à travers et bientôt notre repas fut terminé. Le monstre difforme aux oreilles pointues vint desservir et Montgomery me laissa seul à nouveau dans la pièce. Il avait été, pendant la fin du repas, dans un état d'irritation mal dissimulée, évidemment causée par les cris du puma soumis à la vivisection ; il m'avait fait part de son bizarre manque de courage, me laissant ainsi le soin d'en faire la facile application.

Je trouvais moi-même que ces cris étaient singulièrement irritants, et, à mesure que l'après-midi s'avançait, ils augmentèrent d'intensité et de profondeur. Ils me furent d'abord pénibles, mais leur répétition constante finit par me bouleverser complètement. Je jetai de côté une traduction d'Horace que j'essayais de lire et, crispant les poings, mordant mes lèvres, je me mis à arpenter la pièce en tous sens.

Bientôt je me bouchai les oreilles avec mes doigts.

L'émouvant appel de ces hurlements me pénétrait peu à peu et ils devinrent finalement une si atroce expression de souffrance que je ne pus rester plus longtemps enfermé dans cette chambre. Je franchis le seuil et, dans la lourde chaleur de cette fin d'après-midi, je partis ; en passant devant l'entrée principale, je remarquai qu'elle était de nouveau fermée.

L'oreille pointue

Au grand air, les cris résonnaient encore plus fort ; on eût dit que toute la douleur du monde avait trouvé une voix pour s'exprimer. Pourtant, il me semble — j'y ai pensé depuis — que j'aurais assez bien supporté de savoir la même souffrance près de moi si elle eût été muette. La pitié vient surtout nous bouleverser quand la souffrance trouve une voix pour tourmenter nos nerfs. Mais malgré l'éclat du soleil et l'écran vert des arbres agités par une douce brise marine, tout, autour de moi, n'était que confusion, et, jusqu'à ce que je fusse hors de portée des cris, des fantasmagories noires et rouges dansèrent devant mes yeux.

CHAPITRE V

DANS LA FORÊT

Je m'avançai à travers les broussailles qui revêtaient le talus, derrière la maison, ne me souciant guère de savoir où j'allais ; je continuai sous un épais et obscur taillis d'arbres aux troncs droits, et me trouvai bientôt à quelque distance sur l'autre pente, descendant vers un ruisseau qui courait dans une étroite vallée. Je m'arrêtai pour écouter. La distance à laquelle j'étais parvenu ou les masses intermédiaires des fourrés amortissaient tous les sons qui auraient pu venir de l'enclos. L'air était tranquille. Alors, avec un léger bruit, un lapin parut et décampa derrière la pente. J'hésitai et m'assis au bord de l'ombre.

L'endroit était ravissant. Le ruisseau était dissimulé par les luxuriantes végétations de ses rives, sauf en un point où je pouvais voir les reflets de ses eaux scintillantes. De l'autre côté, j'apercevais, à travers une brume bleuâtre, un enchevêtrement d'arbres et de lianes au-dessus duquel surplombait le bleu lumineux du ciel. Ici et là des éclaboussures de blanc et d'incarnat indiquaient des touffes fleuries d'épiphytes rampants. Je laissai mes yeux errer un instant sur ce paysage, puis mon esprit revint sur les étranges singularités de l'homme de Montgomery. Mais il faisait trop chaud pour qu'il fût possible de réfléchir longuement, et bientôt je tombai dans une sorte de torpeur, quelque chose entre l'assoupissement et la veille.

Je fus soudain réveillé, je ne sais au bout de combien de temps, par un bruissement dans la verdure de l'autre côté du cours d'eau. Pendant un instant, je ne pus voir autre chose que les sommets agités des fougères et des roseaux. Puis, tout à coup, sur le bord du ruisseau parut quelque chose — tout d'abord, je ne pus distinguer ce que c'était. Une tête se pencha vers l'eau et commença à boire. Alors je vis que c'était un homme qui marchait à quatre pattes comme une bête.

Il était revêtu d'étoffes bleuâtres. Sa peau était d'une nuance cuivrée et sa chevelure noire. Il semblait qu'une laideur grotesque fût la caractéristique invariable de ces insulaires. J'entendais le bruit qu'il faisait en aspirant l'eau.

Je m'inclinai en avant pour mieux le voir et un morceau de lave qui se détacha sous ma main descendit bruyamment la pente. L'être leva craintivement la tête et rencontra mon regard. Immédiatement, il se remit sur pied et, sans me quitter des yeux, se mit à s'essuyer la bouche d'un geste maladroit. Ses jambes avaient à peine la moitié de la longueur de son corps. Nous restâmes ainsi, peut-être l'espace d'une minute, à nous observer, aussi décontenancés l'un que l'autre ; puis il s'esquiva parmi les buissons, vers la droite, en s'arrêtant une fois ou deux pour regarder en arrière, et j'entendis le bruissement des branches s'affaiblir peu à peu dans la distance. Longtemps après qu'il eut disparu, je restai debout, les yeux fixés dans la direction où il s'était enfui. Je ne pus retrouver mon calme assoupissement.

Un bruit derrière moi me fit tressaillir et, me tournant tout à coup, je vis la queue blanche d'un lapin qui disparaissait au sommet de la pente. Je me dressai d'un bond.

L'apparition de cette créature grotesque et à demi bestiale avait soudain peuplé pour mon imagination la tranquillité de l'après-midi. Je regardai autour de moi, tourmenté et regrettant d'être sans armes. Puis l'idée me vint que cet homme était vêtu de cotonnade bleue, alors qu'un sauvage eût été nu, et d'après ce fait j'essayai de me persuader qu'il était probablement d'un caractère très pacifique et que la morne férocité de son aspect le calomniait.

Pourtant cette apparition me tourmentait grandement.

Je m'avançai vers la gauche au long du talus, attentif et surveillant les alentours entre les troncs droits des arbres. Pourquoi un homme irait-il à quatre pattes et boirait-il à même le ruisseau ? Bientôt j'entendis de nouveaux gémissements et, pensant que ce devait être le puma, je tournai dans une direction diamétralement opposée. Cela me ramena au ruisseau, que je traversai, et je continuai à me frayer un chemin à travers les broussailles de l'autre rive.

Une grande tache d'un rouge vif, sur le sol, attira soudain mon attention, et, m'en approchant, je trouvai que c'était une sorte de fongosité à branches rugueuses comme un lichen foliacé, mais se changeant, si l'on y touchait, en une sorte de matière gluante. Plus loin, à l'ombre de quelques fougères géantes, je tombai sur un objet désagréable : le cadavre encore chaud d'un lapin, la tête arrachée et couvert de mouches luisantes. Je m'arrêtai stupéfait à la vue du sang répandu. L'île, ainsi, était déjà débarrassée d'au moins un de ses visiteurs.

Il n'y avait à l'entour aucune trace de violence. Il semblait que la bête eût été soudain saisie et tuée et, tandis que je considérais le petit cadavre, je me demandais comment la chose avait pu se faire. La vague crainte dont je n'avais pu me défendre, depuis que j'avais vu l'être à la face si peu humaine boire au ruisseau, se précisa peu à peu. Je commençai à me rendre compte de la témérité de mon expédition parmi ces gens inconnus. Mon imagination transforma les fourrés qui m'entouraient. Chaque ombre devint quelque chose de plus qu'une ombre, fut une embûche, chaque bruissement devint une menace. Je me figurais être épié par des choses invisibles.

Je résolus de retourner à l'enclos. Faisant

soudain demi-tour, je pris ma course, une course forcenée à travers les buissons, anxieux de me retrouver dans un espace libre.

Je ralentis peu à peu mon allure et m'arrêtai juste au moment de déboucher dans une clairière. C'était une sorte de trouée faite dans la forêt par la chute d'un grand arbre ; les rejetons jaillissaient déjà de partout pour reconquérir l'espace vacant, et, au-delà, se refermaient de nouveau les troncs denses, les lianes entrelacées et les touffes de plantes parasites et de fleurs. Devant moi, accroupis sur les débris fongueux de l'arbre et ignorant encore ma présence, se trouvaient trois créatures grotesquement humaines. Je pus voir que deux étaient des mâles et l'autre évidemment une femelle. A part quelques haillons d'étoffe écarlate autour des hanches, ils étaient nus et leur peau était d'un rose foncé et terne que je n'avais encore jamais remarqué chez aucun sauvage. Leurs figures grasses étaient lourdes et sans menton, avec le front fuyant et, sur la tête, une chevelure rare et hérissée. Je n'avais jamais vu de créatures à l'aspect aussi bestial.

Elles causaient ou du moins l'un des mâles parlait aux deux autres et tous trois semblaient être trop vivement intéressés pour avoir remarqué le bruit de mon approche. Ils balançaient de gauche à droite leur tête et leurs épaules. Les mots me parvenaient embarrassés et indistincts ; je pouvais les entendre nettement sans pouvoir en saisir le sens. Celui qui parlait me semblait réciter quelque baragouin inintelligible. Bientôt il articula d'une façon plus aiguë et, étendant les bras, il se leva.

Alors les autres se mirent à crier à l'unisson, se levant aussi, étendant les bras et balançant leur corps suivant la cadence de leur mélopée. Je remarquai la petitesse anormale de leurs jambes et leurs pieds longs et informes. Tous trois tournèrent lentement dans le même cercle, frappant du pied et agitant les bras ; une sorte de mélodie se mêlait à leur récitation rythmique, ainsi qu'un refrain qui devait être : *Aloula* ou *Baloula*. Bientôt leurs yeux étincelèrent et leurs vilaines faces s'animèrent d'une expression d'étrange plaisir. Au coin de leur bouche sans lèvres la salive découlait.

Soudain, tandis que j'observais leur mimique grotesque et inexplicable, je perçus clairement, pour la première fois, ce qui m'offensait dans leur contenance, ce qui m'avait donné ces deux impressions incompatibles et contradictoires de complète étrangeté et cependant de singulière familiarité. Les trois créatures qui accomplissaient ce rite mystérieux étaient de forme humaine, et cependant, ces êtres humains évoquaient dans toute leur personne une singulière ressemblance avec quelque animal familier. Chacun de ces monstres, malgré son aspect humain, ses lambeaux de vêtements et la grossière humanité de ses membres, portait avec lui, dans ses mouvements, dans l'expression de ses traits et de ses gestes, dans toute son allure, quelque irrésistible suggestion rappelant le porc, la marque évidente de l'animalité.

Je restai là, abasourdi par cette constatation, et alors les plus horribles interrogations se pressèrent en mon esprit. Les bizarres créatures se mirent alors à sauter l'une après l'autre, poussant des cris et des grognements. L'une d'elles trébucha et se trouva un instant à quatre pattes pour se relever d'ailleurs immédiatement. Mais cette révélation passagère du véritable animalisme de ces monstres me suffisait. En faisant le moins de bruit possible, je revins sur mes pas, m'arrêtant à chaque instant dans la crainte que le craquement d'une branche ou le bruissement d'une feuille ne vînt à me faire découvrir, et j'allai longtemps ainsi avant d'oser reprendre la liberté de mes mouvements.

Ma seule idée pour le moment était de m'éloigner de ces répugnantes créatures et je suivais sans m'en apercevoir un sentier à peine marqué parmi les arbres. En traversant une étroite clairière, j'entrevis, avec un frisson désagréable, au milieu du taillis, deux jambes bizarres, suivant à pas silencieux une direction parallèle à la mienne à trente mètres à peine de moi. La tête et le tronc étaient cachés par un fouillis de lianes. Je m'arrêtai brusquement, espérant que la créature ne m'aurait pas vu. Les jambes s'arrêtèrent aussitôt. J'avais les nerfs tellement irrités que je ne contins qu'avec la plus grande difficulté une impulsion subite de fuir à toute vitesse.

Je restai là un instant, le regard fixe et attentif, et je parvins à distinguer, dans l'entrelacement des branches, la tête et le corps de la brute que j'avais vue boire au ruisseau. Sa tête bougea. Quand son regard croisa le mien, il y eut dans ses yeux un éclat verdâtre, à demi lumineux, qui s'évanouit quand il eut remué de nouveau. Il resta immobile un instant, m'épiant dans la pénombre, puis, avec de silencieuses enjambées, il se mit à courir à travers la verdure des fourrés. L'instant d'après il avait disparu derrière les buissons. Je ne pouvais le voir, mais je sentais qu'il s'était arrêté et m'épiait encore.

Qui diable pouvait-il être ? Homme ou animal ? Que me voulait-il ? Je n'avais aucune arme, pas même un bâton : fuir eût été folie ; en tout cas, quel qu'il fût, il n'avait pas le courage de m'attaquer. Les dents serrées, je m'avançai droit sur lui. Je ne voulais à aucun prix laisser voir la crainte qui me glaçait. Je me frayai un passage à travers un enchevêtrement de grands buissons à fleurs blanches et aperçus le monstre à vingt pas plus loin, observant pardessus son épaule, hésitant. Je fis deux ou trois pas en le regardant fixement dans les yeux.

« Qui êtes-vous ? » criai-je.

Il essaya de soutenir mon regard.

« Non ! » fit-il tout à coup et, tournant les talons il s'enfuit en bondissant à travers le sous-bois. Puis, se retournant encore, il se mit à m'épier : ses yeux brillaient dans l'obscurité des branchages épais.

Je suffoquais, sentant bien que ma seule chance de salut était de faire face au danger, et résolument je me dirigeai vers lui. Faisant demi-tour, il disparut dans l'ombre. Je crus une fois de plus apercevoir le reflet de ses yeux et ce fut tout.

Alors seulement je me rendis compte que l'heure tardive pouvait avoir pour moi des conséquences fâcheuses. Le soleil, depuis quelques minutes, était tombé derrière l'horizon ; le bref crépuscule des tropiques fuyait déjà de l'orient ; une phalène, précédant les ténèbres, voltigeait silencieusement autour de ma tête. A moins de passer la nuit au milieu des dangers inconnus de la forêt mystérieuse, il fallait me hâter pour rentrer à l'enclos.

La pensée du retour à ce refuge de souffrance m'était extrêmement désagréable, mais l'idée d'être surpris par l'obscurité et tout ce qu'elle cachait l'était encore davantage. Donnant un dernier regard aux ombres bleues qui cachaient la bizarre créature, je me mis à descendre la pente vers le ruisseau, croyant suivre le chemin par lequel j'étais venu.

Je marchais précipitamment, fort troublé par tout ce que j'avais vu, et je me trouvai bientôt dans un endroit plat, encombré de troncs d'arbres abattus. L'incolore clarté qui persiste après les rougeurs du couchant s'assombrissait. L'azur du ciel devint de moment en moment plus profond et, une à une, les petites étoiles percèrent la lumière atténuée. Les intervalles des arbres, les trouées dans les végétations, qui de jour étaient d'un bleu brumeux, devenaient noirs et mystérieux.

Je poussai en avant. Le monde perdait toute couleur : les arbres dressaient leurs sombres silhouettes contre le ciel limpide et tout au bas les contours se mêlaient en d'informes ténèbres. Bientôt les arbres s'espacèrent et les broussailles devinrent plus abondantes. Ensuite, il y eut une étendue désolée couverte de sable blanc, puis une autre de taillis enchevêtrés.

Sur ma droite, un faible bruissement m'inquiétait. D'abord je crus à une fantaisie de mon imagination, car, chaque fois que je m'arrêtais, je ne percevais dans le silence que la brise du soir agitant la cime des arbres. Quand je me remettais en route, il y avait un écho persistant à mes pas.

Je m'éloignai des fourrés, suivant exclusivement les espaces découverts et m'efforçant, par de soudaines volte-face, de surprendre, si elle existait, la cause de ce bruit. Je ne vis rien et néanmoins la certitude d'une autre présence s'imposait de plus en plus. J'accélérai mon allure et, au bout de peu de temps, j'arrivai à un léger monticule ; je le franchis, et, me retournant brusquement, je regardai avec grande attention le chemin que je venais de parcourir. Tout se détachait noir et net contre le ciel obscur.

Bientôt une ombre informe parut momentanément contre la ligne d'horizon et s'évanouit. J'étais convaincu maintenant que mon fauve antagoniste me pourchassait encore, et à cela vint s'ajouter une autre constatation désagréable : j'avais perdu mon chemin.

Je continuai, désespérément perplexe, à fuir en hâte, persécuté par cette furtive poursuite. Quoi qu'il en soit, la créature n'avait pas le courage de m'attaquer ou bien elle attendait le moment de me prendre à mon désavantage. Tout en avançant, je restais soigneusement à découvert, me tournant parfois pour écouter, et, de nouveau, je finis par me persuader que mon ennemi avait abandonné la chasse ou qu'il n'était qu'une simple hallucination de mon esprit désordonné. J'entendis le bruit des vagues. Je hâtai le pas, courant presque, et immédiatement je perçus que, derrière moi, quelqu'un trébuchait.

Je me retournai vivement, tâchant de discerner quelque chose entre les arbres indistincts. Une ombre noire parut bondir dans une autre direction. J'écoutai, immobile, sans rien entendre que l'afflux du sang dans mes oreilles. Je crus que mes nerfs étaient détraqués et que mon imagination me jouait des tours. Je me remis résolument en marche vers le bruit de la mer.

Les arbres s'espacèrent, et, deux ou trois minutes après, je débouchai sur un promontoire bas et dénudé qui s'avançait dans les eaux sombres. La nuit était calme et claire et les reflets de la multitude croissante des étoiles frissonnaient sur les ondulations tranquilles de la mer. Un peu au large, les vagues se brisaient sur une bande irrégulière de récifs et leur écume brillait d'une lumière pâle. Vers l'ouest je vis la lumière zodiacale se mêler à la jaune clarté de l'étoile du soir. La côte, à l'est, disparaissait brusquement, et, à l'ouest, elle était cachée par un épaulement du cap. Alors, je me souvins que l'enclos de Moreau se trouvait à l'ouest.

Une branche sèche cassa derrière moi et il y eut un bruissement. Je fis face aux arbres sombres — sans qu'il fût possible de rien voir — ou plutôt je voyais trop. Dans l'obscurité, chaque forme vague avait un aspect menaçant, suggérait une hostilité aux aguets. Je demeurai ainsi, l'espace d'une minute peut-être, puis, sans quitter les arbres des yeux, je me tournai vers l'ouest pour franchir le promontoire. Au moment même où je me tournai, une ombre, au milieu des ténèbres vigilantes, s'ébranla pour me suivre.

Mon cœur battait à coups précipités. Bientôt la courbe vaste d'une baie s'ouvrant vers l'ouest devint visible, et je fis halte. L'ombre silencieuse fit halte aussi à quinze pas. Un petit point de lumière brillait à l'autre extrémité de la courbe et la grise étendue de la plage sablonneuse se prolongeait faiblement sous la lueur des étoiles. Le point lumineux se trouvait peut-être à deux milles de distance. Pour gagner le rivage, il me fallait traverser le bois où les ombres me guettaient et descendre une pente couverte de buissons touffus.

Je pouvais maintenant apercevoir mon ennemi un peu plus distinctement. Ce n'était pas un animal, car il marchait debout. J'ouvris alors la bouche pour parler, mais un phlegme rauque me coupa la voix. J'essayai de nouveau :

« Qui va là ? » criai-je.

Il n'y eut pas de réponse. Je fis un pas. La silhouette ne bougea pas et sembla seulement se ramasser sur elle-même ; mon pied heurta un caillou.

Cela me donna une idée. Sans quitter des yeux la forme noire, je me baissai pour ramasser le morceau de roc. Mais, à ce mouvement, l'ombre fit une soudaine volte-face, à la manière d'un chien, et s'enfonça obliquement dans les ténèbres. Je me souvins alors d'un moyen ingénieux dont les écoliers se servent contre les chiens : je nouai le caillou dans un coin de mon mouchoir, que j'enroulai solidement autour de mon poignet. Parmi les ombres éloignées j'entendis le bruit de mon ennemi en retraite, et soudain mon intense surexcitation m'abandonna. Je me mis à trembler et une sueur froide m'inonda, pendant qu'il fuyait et que je restais là avec mon arme inutile dans la main.

Un bon moment s'écoula avant que je pusse me résoudre à descendre, à travers le bois et les taillis, le flanc du promontoire jusqu'au rivage. Enfin, je les franchis en un seul élan et, comme je sortais du fourré et m'engageais sur la plage, j'entendis les craquements des pas de l'autre lancé à ma poursuite.

Alors la peur me fit complètement perdre la tête et je me mis à courir sur le sable. Immédiatement, je fus suivi par ce même bruit de pas légers et rapides. Je poussai un cri farouche et redoublai de vitesse. Sur mon passage, de vagues choses noires, ayant trois ou quatre fois la taille d'un lapin remontèrent le talus en courant et en bondissant. Tant que je vivrai, je me rappellerai la terreur de cette poursuite. Je courais au bord des flots et j'entendais de temps en temps le clapotis des pas qui gagnaient sur moi. Au loin, désespérément loin, brillait faiblement la lueur jaune. La nuit, tout autour de nous, était noire et muette. Plaff! Plaff! faisaient continuellement les pieds de mon ennemi. Je me sentis à bout de souffle, car je n'étais nullement entraîné; à chaque fois ma respiration sifflait et j'éprouvais à mon côté une douleur aiguë comme un coup de couteau.

Nous courions ainsi sous les étoiles tranquilles, vers le reflet jaune, vers la clarté désespérément lointaine de la maison. Et bientôt, avec un réel soulagement, j'entendis le pitoyable gémissement du puma, ce cri de souffrance qui avait été la cause de ma fuite et m'avait fait partir en exploration à travers l'île mystérieuse. Alors, malgré ma faiblesse et mon épuisement, je rassemblai mes forces et me remis à courir vers la lumière. Il me sembla qu'une voix m'appelait. Puis, soudain, les pas, derrière moi, se ralentirent, changèrent de direction et je les entendis se reculer dans la nuit.

CHAPITRE VI

UNE SECONDE ÉVASION

Quand je fus assez près, je vis que la lumière venait de la porte ouverte de ma chambre, et j'entendis, sortant de l'obscurité qui cernait cette échappée de clarté, la voix de Montgomery, m'appelant de toutes ses forces.

Je continuai à courir. Bientôt, je l'entendis de nouveau. Je répondis faiblement et l'instant d'après j'arrivai jusqu'à lui, chancelant et haletant.

« D'où sortez-vous ? questionna-t-il en me prenant par le bras et me maintenant de telle façon que la lumière m'éclairait en pleine figure. Nous avons été si occupés, tous les deux, que nous vous avions oublié et il n'y a qu'un instant qu'on s'est préoccupé de vous. »

Il me conduisit dans la pièce et me fit asseoir dans le fauteuil pliant. La lumière m'aveugla pendant quelques minutes.

« Nous ne pensions pas que vous vous risqueriez à explorer l'île sans nous en prévenir, dit-il... J'avais peur... mais... quoi ?... eh bien ?... »

Mon dernier reste d'énergie m'abandonna et je

me laissai aller, la tête sur la poitrine. Il éprouva, je crois, une certaine satisfaction à me faire boire du cognac.

« Pour l'amour de Dieu, implorai-je, fermez cette porte.

— Vous avez rencontré quelque... quelque bizarre créature, hein ? » interrogea-t-il.

Il alla fermer la porte et revint. Sans me poser d'autres questions, il me donna une nouvelle gorgée de cognac étendu d'eau et me pressa de manger. J'étais complètement affaissé. Il grommela de vagues paroles à propos d' « oubli » et d' « avertissement » ; puis il me demanda brièvement quand j'étais parti et ce que j'avais vu. Je lui répondis tout aussi brièvement et par phrases laconiques.

« Dites-moi ce que cela signifie ? lui criai-je dans un état d'énervement indescriptible.

— Ça n'est rien de si terrible, fit-il. Mais je crois que vous en avez eu assez pour aujourd'hui. »

Soudain, le puma poussa un hurlement déchirant, et Montgomery jura à mi-voix.

« Que le diable m'emporte, si cette boîte n'est pas pire que le laboratoire... à Londres... avec ses chats...

— Montgomery, interrompis-je, quelle est cette chose qui m'a poursuivi ? Était-ce une bête ou était-ce un homme ?

— Si vous ne dormez pas maintenant, conseilla-t-il, vous battrez la campagne demain.

— Quelle est cette chose qui m'a poursuivi ? » répétai-je en me levant et me plantant devant lui.

Il me regarda franchement dans les yeux, et une crispation lui tordit la bouche. Son regard, qui, la minute d'avant, s'était animé, redevint terne.

« D'après ce que vous en dites, fit-il, je pense que ce doit être un spectre. »

Un accès de violente irritation s'empara de moi et disparut presque aussitôt. Je me laissai retomber dans le fauteuil et pressai mon front dans mes mains. Le puma se reprit à gémir. Montgomery vint se placer derrière moi, et, me posant la main sur l'épaule, il parla :

« Écoutez bien, Prendick, je n'aurais pas dû vous laisser vagabonder dans cette île stupide... Mais rien n'est aussi terrible que vous le pensez, mon cher. Vous avez les nerfs détraqués. Voulez-vous que je vous donne quelque chose qui vous fera dormir ? *Ceci...* (il voulait dire les cris du puma) va durer encore pendant plusieurs heures. Il faut tout bonnement que vous dormiez ou je ne réponds plus de rien. »

Je ne répondis pas, et, les coudes sur les genoux, je cachai ma figure dans mes mains. Bientôt, il revint avec une petite fiole contenant un liquide noirâtre qu'il me fit boire. Je l'ingurgitai sans résistance et il m'aida à m'installer dans le hamac.

Quand je m'éveillai, il faisait grand jour. Je demeurai assez longtemps sans bouger, contemplant le plafond. Les chevrons, remarquai-je, étaient faits avec les épaves d'un vaisseau. Tournant la tête, j'aperçus un repas préparé sur la table. J'avais faim et je me mis en devoir de sortir du hamac, lequel, allant très poliment au-devant de mon intention, bascula et me déposa à quatre pattes sur le plancher.

Je me relevai et m'installai à table ; j'avais la tête lourde, et, tout d'abord, je ne retrouvai que de vagues souvenirs de ce qui s'était passé la veille. La brise matinale, soufflant doucement par la fenêtre sans vitres, et la nourriture que je pris contribuèrent à me donner cette sensation de bien-être animal que j'éprouvai ce matin-là. Soudain, la porte intérieure qui menait dans l'enclos s'ouvrit derrière moi. Je me retournai et aperçus Montgomery.

« Ça va ? fit-il. Je suis terriblement occupé. »

Il tira la porte après lui, et je découvris ensuite qu'il avait oublié de la fermer à clef.

L'expression qu'avait sa figure, la nuit précédente, me revint et tous les souvenirs de mes expériences se reproduisirent tour à tour dans ma mémoire. Une sorte de crainte s'emparait à nouveau de moi, et, au même moment, un cri de douleur se fit encore entendre. Mais cette fois ce n'était plus la voix du puma.

Je reposai sur mon assiette la bouchée préparée et j'écoutai. Partout le silence, à part le murmure de la brise matinale. Je commençai à croire que mes oreilles me décevaient.

Après une longue pause, je me remis à manger,

demeurant aux écoutes. Bientôt, je perçus un autre bruit, très faible et bas. Je restai comme pétrifié. Bien que le bruit fût affaibli et sourd, il m'émut plus profondément que toutes les abominations que j'avais entendues jusqu'ici derrière ce mur. Cette fois, il n'y avait pas d'erreur possible sur la nature de ces sons atténués et intermittents ; aucun doute quant à leur provenance. C'étaient des gémissements entrecoupés de sanglots et de spasmes d'angoisse. Cette fois, je ne pouvais me méprendre sur leur signification : c'était un être humain qu'on torturait !

A cette idée, je me levai ; en trois enjambées, j'eus traversé la pièce, et saisissant le loquet, j'ouvris toute grande la porte intérieure.

« Eh ! là, Prendick ! arrêtez ! » cria Montgomery, intervenant.

Un grand chien, surpris, aboya et gronda. Je vis du sang dans une rigole, du sang coagulé et d'autre encore rouge, et je respirai l'odeur particulière de l'acide phénique. Par l'entrebâillement d'une porte, de l'autre côté de la cour, j'aperçus, dans l'ombre à peine distincte, quelque chose qui était lié sur une sorte de cadre, un être taillé, sanguinolent et entouré de bandages, par endroits. Puis, cachant ce spectacle, apparut le vieux Moreau, pâle et terrible.

En un instant, il m'eut empoigné par l'épaule d'une main toute souillée de sang, et, me soulevant de terre, comme si j'eusse été un petit enfant, il me lança la tête la première dans ma chambre. Je tombai de tout mon long sur le plancher ; la porte claqua, me dérobant l'expression de violente colère de sa figure. Puis la clef tourna furieusement dans la serrure, et j'entendis la voix de Montgomery se disculpant.

« ... ruiner l'œuvre de toute une vie ! disait Moreau.

— Il ne comprend pas, expliquait Montgomery, parmi d'autres phrases indistinctes.

— Je n'ai pas encore le loisir... » répondait Moreau.

Le reste m'échappa. Je me remis sur pied, tout tremblant, tandis que mon esprit n'était qu'un chaos d'appréhensions des plus horribles. Était-ce concevable, pensais-je, qu'une chose pareille fût possible ? La vivisection humaine ! Cette question passait comme un éclair dans un ciel tumultueux. Soudain, l'horreur confuse de mon esprit se précisa en une vive réalisation du danger que je courais.

Il me vint à l'idée, comme un espoir irraisonné de salut, que la porte de ma chambre m'était encore ouverte. J'étais convaincu maintenant, absolument certain que Moreau était occupé à viviséquer un être humain. Depuis que j'avais, pour la première fois après mon arrivée, entendu son nom, je m'étais sans cesse efforcé, d'une façon quelconque, de rapprocher de ses abominations le grotesque animalisme des insulaires ; et, maintenant je croyais tout deviner. Le souvenir me revint de ses travaux sur la transfusion du sang. Ces créatures que j'avais vues étaient les victimes de ses hideuses expériences.

Les abominables sacripants qu'étaient Moreau et Montgomery avaient simplement l'intention de me garder, de me duper avec leur promesse de confidences, pour me faire bientôt subir un sort plus horrible que la mort : la torture, et, après la torture, la plus hideuse dégradation qu'il fût possible de concevoir, m'envoyer, âme perdue, abêtie, rejoindre le reste de leurs monstres. Je cherchai des yeux une arme quelconque ; rien. Une inspiration me vint. Je retournai le fauteuil pliant et, maintenant un des côtés par terre avec mon pied, j'arrachai le barreau le plus fort. Par hasard, un clou s'arracha en même temps que le bois, et, le traversant de part en part, donnait un air dangereux à une arme qui, autrement, eût été inoffensive. J'entendis un pas au-dehors et j'ouvris immédiatement la porte : Montgomery était à quelques pas, venant dans l'intention de fermer aussi l'issue extérieure.

Je levai sur lui mon arme, visant sa tête, mais il bondit en arrière. J'hésitai un moment, puis je m'enfuis à toutes jambes et tournai le coin du mur.

« Prendick !... hé !... Prendick !... l'entendis-je crier, tout étonné. Prendick !... Ne faites donc pas l'imbécile !... »

Une minute de plus, pensais-je, et j'aurais été enfermé, tout aussi certain de mon sort qu'un cobaye de laboratoire. Il parut au coin de l'enclos d'où je l'entendis encore une fois m'appeler. Puis il se lança à mes trousses, me criant des choses que je ne comprenais pas.

Cette fois, j'allais à toute vitesse, sans savoir où, dans la direction du nord-est, formant angle droit avec le chemin que j'avais suivi dans ma précédente expédition. Une fois, comme j'escaladais le talus du rivage, je regardai par-dessus mon épaule, et je vis Montgomery suivi maintenant de son domestique. Je m'élançai furieusement jusqu'au haut de la pente et m'enfonçai dans une vallée rocailleuse, bordée de fourrés impénétrables. Je courus ainsi pendant peut-être un mille, la poitrine haletante, le cœur me battant dans les oreilles ; puis, n'entendant plus ni Montgomery ni son domestique, et me sentant presque épuisé, je tournai court dans la direction du rivage, suivant ce que je pouvais croire, et me tapis à l'abri d'un fouillis de roseaux.

J'y restai longtemps, trop effrayé pour bouger et même beaucoup trop affolé pour songer à quelque plan d'action. Le paysage farouche qui m'entourait dormait silencieusement sous le soleil et le seul bruit que je pusse percevoir était celui que faisaient quelques insectes dérangés par ma présence. Bientôt, me parvint un son régulier et berceur — le soupir de la mer mourant sur le sable.

Au bout d'une heure environ, j'entendis Montgomery qui criait mon nom, au loin, vers le nord. Cela me décida à combiner un plan d'action.

Une seconde évasion

Selon ce que j'interprétais alors, l'île n'était habitée que par ces deux vivisecteurs et leurs victimes animalisées. Sans doute, ils pourraient se servir de certains de ces monstres contre moi, si besoin en était. Je savais que Moreau et Montgomery avaient chacun des revolvers, et à part mon faible barreau de bois blanc, garni d'un petit clou — caricature de massue — j'étais sans défense.

Aussi je demeurai où j'étais jusqu'à ce que je vinsse à penser à manger et à boire, et, à ce moment, je me rendis compte de ce que ma situation avait d'absolument désespéré. Je ne connaissais aucun moyen de me procurer de la nourriture. Je savais trop peu de botanique pour découvrir autour de moi la moindre ressource de racine ou de fruit; je n'avais aucun piège pour attraper les quelques lapins lâchés dans l'île. Plus j'y pensais et plus j'étais découragé. Enfin, devant cette position sans issue, mon esprit revint à ces hommes animalisés que j'avais rencontrés. J'essayai de me redonner quelque espoir avec ce que je pus me rappeler d'eux. Tour à tour, je me représentai chacun de ceux que j'avais vus et j'essayai de tirer de ma mémoire quelque bon augure d'assistance.

Soudain, j'entendis un chien aboyer, et cela me fit penser à un nouveau danger. Sans prendre le temps de réfléchir — sans quoi ils m'auraient attrapé — je saisis mon bâton et me lançai aussi vite que je pus du côté d'où venait le bruit de la mer. Je me souviens d'un buisson de plantes garnies d'épines coupant comme des canifs. J'en sortis, sanglant et les vêtements en lambeaux, pour déboucher au nord d'une longue crique qui s'ouvrait au nord. Je m'avançai droit dans l'eau, sans une minute d'hésitation, et me trouvai bientôt en avoir jusqu'aux genoux. Je parvins enfin à l'autre rive, et, le cœur battant à tout rompre, je me glissai dans un enchevêtrement de lianes et de fougères, attendant l'issue de la poursuite. J'entendis le chien — il n'y en avait qu'un — s'approcher et aboyer quand il traversa les épines. Puis tout bruit cessa et je commençai à croire que j'avais échappé.

Les minutes passaient, le silence se prolongeait et enfin, au bout d'une heure de sécurité, mon courage me revint.

Je n'étais plus alors ni très terrifié, ni très misérable, car j'avais, pour ainsi dire, dépassé les bornes de la terreur et du désespoir. Je me rendais compte que ma vie était positivement perdue, et cette persuasion me rendait capable de tout oser. Même, j'avais un certain désir de rencontrer Moreau, de me trouver face à face avec lui. Et puisque j'avais traversé l'eau, je pensai que si j'étais serré de trop près, j'avais au moins un moyen d'échapper à mes tourments, puisqu'ils ne pouvaient guère m'empêcher de me noyer. J'eus presque l'idée de me noyer tout de suite, mais une bizarre curiosité de voir comment l'aventure finirait, un intérêt, un étrange et impersonnel besoin de me voir moi-même en spectacle me retinrent. J'étirai mes membres engourdis et endoloris par les déchirures des épines ; je regardai les arbres autour de moi, et, si soudainement qu'elle sembla se projeter hors de son cadre de verdure, mes yeux se posèrent sur une face noire qui m'épiait.

Je reconnus la créature simiesque qui était venue à la rencontre de la chaloupe, sur le rivage ; le monstre était suspendu au tronc oblique d'un palmier. Je serrai mon bâton dans ma main, et me levai, lui faisant face. Il se mit à baragouiner.

« Vou... vou... vou... » fut d'abord tout ce que je pus distinguer.

Soudain, il sauta à terre et, écartant les branches, m'examina curieusement.

Je n'éprouvais pas pour cet être la même répugnance que j'avais ressentie lors de mes autres rencontres avec les hommes animalisés.

« Vous..., dit-il, dans le bateau... »

Puisqu'il parlait, c'était un homme — du moins autant que le domestique de Montgomery.

« Oui, répondis-je, je suis arrivé dans le bateau... débarqué du navire...

— Oh ! » fit-il.

Le regard de ses yeux brillants et mobiles me parcourait des pieds à la tête, se fixant sur mes mains, sur le bâton que je tenais, sur mes pieds, sur les endroits de mon corps que laissaient voir les déchirures faites par les épines. Quelque chose semblait le rendre perplexe. Ses yeux revinrent à mes mains. Il étendit une des siennes et compta lentement ses doigts :

« Un, deux, trois, quatre, cinq, — eh ? »

Je ne compris pas alors ce qu'il voulait dire. Plus tard je trouvai qu'un certain nombre de ces bipèdes avaient des mains mal formées, auxquelles, parfois, il manquait jusqu'à trois doigts. Mais, m'imaginant que cela était un signe de bienvenue, je répondis par le même geste. Il grimaça avec la plus parfaite satisfaction. Alors son regard furtif et rapide m'examina de nouveau. Il eut un vif mouvement de recul et disparut ; les branches de fougères qu'il avait tenues écartées se rejoignirent.

Je fis quelques pas dans le fourré pour le suivre, et fus étonné de le voir se balancer joyeusement, suspendu par un long bras maigre à une poignée de lianes qui tombaient des branches plus élevées. Il me tournait le dos.

« Eh bien ? » prononçai-je.

Il sauta à terre en tournant sur lui-même, et me fit face.

« Dites-moi, lui demandai-je, où je pourrais trouver quelque chose à manger.

— Manger ! fit-il. Manger de la nourriture des hommes, maintenant... Dans les huttes ! »

Ses yeux retournèrent aux lianes pendantes.

« Mais où sont les huttes ?

— Ah !

— Je suis nouveau, vous comprenez. »

Sur ce, il fit demi-tour et se mit à marcher d'une vive allure. Tous ses mouvements étaient curieusement rapides.

« Suivez-moi », commanda-t-il.

Je lui emboîtai le pas, décidé à pousser l'aventure jusqu'au bout. Je devinais que les huttes devaient être quelque grossier abri, où il habitait avec certains autres de ces bipèdes. Peut-être, les trouverais-je animés de bonnes dispositions à mon égard ; peut-être, aurais-je le moyen de m'emparer de leurs esprits. Je ne savais pas encore combien ils étaient éloignés de l'héritage humain que je leur attribuais.

Mon simiesque compagnon trottait à côté de moi, les bras ballants et la mâchoire inférieure protubérante. Je me demandais quelle faculté de se souvenir il pouvait posséder.

« Depuis combien de temps êtes-vous dans cette île ? demandai-je.

— Combien de temps... » fit-il.

Après que je lui eus répété la question, il ouvrit trois doigts de la main. Il valait donc un peu mieux qu'un idiot. J'essayai de lui faire préciser ce qu'il voulait dire par ce geste, mais cela parut l'ennuyer beaucoup. Après deux ou trois interrogations, il s'écarta soudain et sauta après quelque fruit qui pendait d'une branche d'arbre. Il arracha une poignée de gousses garnies de piquants et se mit à en manger le contenu. Je l'observai avec satisfaction, car, ici du moins, j'avais une indication pour trouver à me sustenter. J'essayai de lui poser d'autres questions, mais ses réponses, rapides et babillardes, étaient la plupart du temps intempestives et incohérentes : rarement elles se trouvaient appropriées, et le reste semblait des phrases de perroquet.

Mon attention était tellement absorbée par tous ces détails que je remarquai à peine le sentier que nous suivions. Bientôt nous passâmes auprès de troncs d'arbres entaillés et noirâtres, puis, dans un endroit à ciel ouvert, encombré d'incrustations d'un blanc jaunâtre, à travers lequel se répandait une âcre fumée qui vous prenait au nez et à la gorge. Sur la droite, par-dessus un fragment de roche nue, j'aperçus l'étendue bleue de la mer. Le sentier se repliait brusquement en un ravin étroit entre deux masses écroulées de scories noirâtres et noueuses. Nous y descendîmes.

Ce passage, après l'aveuglante clarté que reflétait le sol sulfureux, était extrêmement sombre. Ses murs se dressaient à pic et vers le haut se rapprochaient. Des lueurs écarlates et vertes dansaient devant mes yeux. Mon conducteur s'arrêta soudain.

« Chez moi », dit-il.

Je me trouvais au fond d'une fissure, qui, tout d'abord, me parut absolument obscure. J'entendis divers bruits étranges et je me frottai énergiquement les yeux avec le dos de ma main gauche. Une odeur désagréable monta, comme celle d'une cage de singe mal tenue. Au-delà, le roc s'ouvrait de nouveau sur une pente régulière de verdures ensoleillées, et, de chaque côté, la lumière venait se heurter par un étroit écartement contre l'obscurité intérieure.

CHAPITRE VII

L'ENSEIGNEMENT DE LA LOI

Alors, quelque chose de froid toucha ma main. Je tressaillis violemment et aperçus tout contre moi une vague forme rosâtre, qui ressemblait à un enfant écorché plus qu'à un autre être. La créature avait exactement les traits doux et repoussants de l'aï, le même front bas et les mêmes gestes lents. Quand fut dissipé le premier aveuglement causé par le passage subit du grand jour à l'obscurité, je commençai à y voir plus distinctement. La petite créature qui m'avait touché était debout devant moi, m'examinant. Mon conducteur avait disparu.

L'endroit était un étroit passage creusé entre de hauts murs de lave, une profonde crevasse, de chaque côté de laquelle des entassements d'herbes marines, de palmes et de roseaux entrelacés et appuyés contre la roche, formaient des repaires grossiers et impénétrablement sombres. L'interstice sinueux qui remontait le ravin avait à peine trois mètres de large et il était encombré de débris de fruits et de toutes sortes de détritus qui expliquaient l'odeur fétide.

Le petit être rosâtre continuait à m'examiner avec ses yeux clignotants, quand mon Homme-Singe reparut à l'ouverture de la plus proche de ces tanières, me faisant signe d'entrer. Au même moment, un monstre lourd et gauche sortit en se tortillant de l'un des antres qui se trouvaient au bout de cette rue étrange ; il se dressa, silhouette difforme, contre le vert brillant des feuillages et me fixa. J'hésitai — à demi décidé à m'enfuir par le chemin que j'avais suivi pour venir —, puis, déterminé à pousser l'aventure jusqu'au bout, je serrai plus fort mon bâton dans ma main et me glissai dans le fétide appentis derrière mon conducteur.

C'était un espace semi-circulaire, ayant la forme d'une demi-ruche d'abeilles, et, contre le mur rocheux qui formait la paroi intérieure, se trouvait une provison de fruits variés, noix de coco et autres. Des ustensiles grossiers de lave et de bois étaient épars sur le sol et l'un d'eux était sur une sorte de mauvais escabeau. Il n'y avait pas de feu. Dans le coin le plus sombre de la hutte était accroupie une masse informe qui grogna en me voyant ; mon Homme-Singe resta debout, éclairé par la faible clarté de l'entrée, et me tendit une noix de coco ouverte, tandis que je me glissai dans le coin opposé où je m'accroupis. Je pris la noix et commençai à la grignoter, l'air aussi calme que possible, malgré ma crainte intense et l'intolérable manque d'air de la hutte. La petite créature rose apparut à l'ouverture, et quelque autre bipède avec une figure brune et des yeux brillants vint aussi regarder par-dessus son épaule.

« Hé ? grogna la masse indistincte du coin opposé.

— C'est un Homme, c'est un Homme, débita mon guide ; un Homme, un Homme, un Homme vivant, comme moi !

— Assez ! » intervint avec un grognement la voix qui sortait des ténèbres.

Je rongeais ma noix de coco au milieu d'un silence impressionnant, cherchant, sans pouvoir y réussir, à distinguer ce qui se passait dans les ténèbres.

« C'est un Homme ? répéta la voix. Il vient vivre avec nous ? »

La voix forte, un peu hésitante, avait quelque chose de bizarre, une sorte d'intonation sifflante qui me frappa d'une façon particulière, mais l'accent était étrangement correct.

L'Homme-Singe me regarda comme s'il espérait quelque chose. J'eus l'impression que ce silence était interrogatif.

« Il vient vivre avec vous, dis-je.

— C'est un Homme ; il faut qu'il apprenne la Loi. »

Je commençais à distinguer maintenant quelque chose de plus sombre dans l'obscurité, le vague contour d'un être accroupi la tête enfoncée dans les épaules. Je remarquai alors que l'ouverture de la hutte était obscurcie par deux nouvelles têtes. Ma main serra plus fort mon arme. La chose dans les ténèbres parla sur un ton plus élevé :

« Dites les mots. »

Je n'avais pas entendu ce qu'il avait ânonné auparavant, aussi répéta-t-il sur une sorte de ton de mélopée :

« Ne pas marcher à quatre pattes. C'est la Loi... »

J'étais ahuri.

« Dites les mots », bredouilla l'Homme-Singe.

Lui-même les répéta, et tous les êtres qui se trouvaient à l'entrée firent chorus, avec quelque chose de menaçant dans leur intonation.

Je me rendis compte qu'il me fallait aussi répéter cette formule stupide, et alors commença une cérémonie insensée. La voix, dans les ténèbres, entonna phrase à phrase une suite de litanies folles, que les autres et moi répétâmes. En articulant les mots, ils se balançaient de côté et d'autre, frappant leurs cuisses, et je suivis leur exemple. Je pouvais m'imaginer que j'étais mort et déjà dans un autre monde en cette hutte obscure, avec ces personnages vagues et grotesques, tachetés ici et là par un reflet de lumière, tous se balançant et chantant à l'unisson :

« Ne pas marcher à quatre pattes. C'est la Loi. Ne sommes-nous pas des Hommes ?

— Ne pas laper pour boire. C'est la Loi. Ne sommes-nous pas des Hommes ?

— Ne pas manger de chair ni de poisson. C'est la Loi. Ne sommes-nous pas des Hommes ?

— Ne pas griffer l'écorce des arbres. C'est la Loi. Ne sommes-nous pas des Hommes ?

— Ne pas chasser les autres Hommes. C'est la Loi. Ne sommes-nous pas des Hommes ? »

On peut aisément imaginer le reste, depuis la prohibition de ces actes de folie jusqu'à la défense de ce que je croyais alors être les choses les plus insensées, les plus impossibles et les plus indécentes. Une sorte de ferveur rythmique s'empara de nous tous ; avec un balancement et un baragouin de plus en plus accélérés, nous répétâmes les articles de cette loi étrange. Superficiellement, je subissais la contagion de ces brutes, mais tout au fond de moi le rire et le dégoût se disputaient la place. Nous parcourûmes une interminable liste de prohibitons, puis la mélopée reprit sur une nouvelle formule.

« A lui, la maison de souffrance.

— A lui, la main qui crée.

— A lui, la main qui blesse.

— A lui, la main qui guérit. »

Et ainsi de suite, toute une autre longue série, la plupart du temps en un jargon absolument incompréhensible pour moi, fut débitée sur *lui*, quel qu'il pût être. J'aurais cru rêver, mais jamais encore je n'avais entendu chanter en rêve.

« A lui, l'éclair qui tue.

— A lui, la mer profonde », chantions-nous.

Une idée horrible me vint à l'esprit, que

Moreau, après avoir animalisé ces hommes, avait infecté leurs cerveaux rabougris avec une sorte de déification de lui-même. Néanmoins, je savais trop bien quelles dents blanches et quelles griffes puissantes m'entouraient pour interrompre mon chant, même après cette explication.

« A lui, les étoiles du ciel. »

Pourtant, ces litanies prirent fin. Je vis la figure de l'Homme-Singe ruisselante de sueur et, mes yeux s'étant maintenant accoutumés aux ténèbres, je distinguai mieux le personnage assis dans le coin d'où venait la voix. Il avait la taille d'un homme, mais semblait couvert d'un poil terne et gris assez semblable à celui d'un chien terrier. Qu'était-il ? Qu'étaient-ils tous ? Imaginez-vous entouré des idiots et des estropiés les plus horribles qu'il soit possible de concevoir, et vous pourrez comprendre quelques-uns de mes sentiments, tandis que j'étais au milieu de ces grotesques caricatures d'humanité.

« C'est un homme à cinq doigts, à cinq doigts, à cinq doigts... comme moi », disait l'Homme-Singe.

J'étendis mes mains. La créature grisâtre du coin se pencha en avant.

« Ne pas marcher à quatre pattes. C'est la Loi. Ne sommes-nous pas des Hommes ? » dit-elle.

Elle avança une espèce de moignon étrangement difforme et prit mes doigts. On eût dit le sabot d'un daim découpé en griffes. Je me retins pour ne pas crier de surprise et de douleur. Sa figure se pencha encore pour examiner mes ongles ; le monstre s'avança dans la lumière qui venait de l'ouverture et je vis, avec un frisson de dégoût, qu'il n'avait figure ni d'homme ni de bête, mais une masse de poils gris avec trois arcades sombres qui indiquaient la place des yeux et de la bouche.

« Il a les ongles courts, remarqua entre ses longs poils l'effrayant personnage. Ça vaut mieux : il y en a tant qui sont gênés par de grands ongles. »

Il laissa retomber ma main et instinctivement je pris mon bâton.

« Manger des racines et des arbres — c'est *sa* volonté, proféra l'Homme-Singe.

— C'est moi qui enseigne la Loi, dit le monstre gris. Ici viennent tous ceux qui sont nouveaux pour apprendre la Loi. Je suis assis dans les ténèbres et je répète la Loi.

— C'est vrai, affirma un des bipèdes de l'entrée.

— Terrible est la punition de ceux qui transgressent la Loi. Nul n'échappe.

— Nul n'échappe, répétèrent-ils tous, en se lançant des regards furtifs.

— Nul, nul, nul n'échappe, confirma l'Homme-Singe. Regardez ! J'ai fait une petite chose, une chose mauvaise, une fois. Je jacassai, je jacassai, je ne parlai plus. Personne ne comprenait. Je suis brûlé, marqué au feu dans la main. Il est grand ; il est bon.

— Nul n'échappe, répéta dans son coin le monstre gris.

— Nul n'échappe, répétèrent les autres en se regardant de côté.

— Chacun a un besoin qui est mauvais, continua le monstre gris. Votre besoin, nous ne le savons pas. Nous le saurons. Certains ont besoin de suivre les choses qui remuent, d'épier, de se glisser furtivement, d'attendre et de bondir, de tuer et de mordre, de mordre profond... C'est mauvais. — Ne pas chasser les autres Hommes. C'est la Loi. Ne sommes-nous pas des Hommes ? — Ne pas manger de chair ni de poisson. C'est la Loi. Ne sommes-nous pas des Hommes ?

— Nul n'échappe, interrompit une brute debout dans l'entrée.

— Chacun a un besoin qui est mauvais, reprit le monstre gardien de la Loi. Certains ont besoin de creuser avec les dents et les mains entre les racines et de renifler la terre... c'est mauvais.

— Nul n'échappe, répétèrent les bipèdes de l'entrée.

— Certains écorchent les arbres, certains vont creuser sur les tombes des morts, certains se battent avec le front, ou les pieds, ou les ongles, certains mordent brusquement sans provocation, certains aiment l'ordure.

— Nul n'échappe, prononça l'Homme-Singe en se grattant le mollet.

— Nul n'échappe, dit aussi le petit être rose.

— La punition est rude et sûre. Donc, apprenez la Loi. Répétez les mots. »

Immédiatement, il recommença l'étrange litanie de cette loi et, de nouveau, tous ces êtres et moi, nous nous mîmes à chanter et à nous balancer. La tête me tournait, à cause de cette monotone psalmodie et de l'odeur fétide de l'endroit, mais je me raidis, comptant trouver bientôt l'occasion d'en savoir plus long.

« Ne pas marcher à quatre pattes. C'est la Loi. Ne sommes-nous pas des Hommes ? »

Nous faisions un tel tapage que je ne pris pas garde à un bruit venant du dehors, jusqu'à ce que quelqu'un, qui était, je pense, l'un des deux Hommes-Porcs que j'avais aperçus, passant sa tête par-dessus la petite créature rose, cria sur un ton de frayeur quelque chose que je ne saisis pas. Aussitôt ceux qui étaient debout à l'entrée disparurent ; mon Homme-Singe se précipita dehors, l'être qui restait assis dans l'obscurité le suivit — je remarquai qu'il était gros et maladroit et couvert de poils argentés — et je me trouvai seul.

Puis, avant que j'eusse atteint l'ouverture, j'entendis l'aboiement d'un chien.

Au même instant, j'étais hors de la hutte, mon bâton de chaise à la main, tremblant de tous mes membres. Devant moi, j'avais les dos mal bâtis d'une vingtaine peut-être de ces bipèdes, leurs têtes difformes à demi enfoncées dans les omoplates. Ils gesticulaient avec animation. D'autres faces à demi animales sortaient, inquiètes, des autres huttes. Portant mes regards dans la direction vers laquelle ils étaient tournés, je vis, venant à travers la brume, sous les arbres, au bout du passage des tanières, la silhouette sombre et la terrible tête blanche de Moreau. Il maintenait le chien qui bondissait, et, le suivant de près, venait Montgomery, le revolver au poing.

Un instant, je restai frappé de terreur.

Je me retournai et vis le passage, derrière moi, bloqué par une énorme brute, à la face large et grise et aux petits yeux clignotants. Elle s'avançait vers moi. Je regardai de tous côtés et aperçus à ma droite, dans le mur de roche, à cinq ou six mètres de distance, une étroite fissure, à travers laquelle venait un rayon de lumière coupant obliquement l'ombre.

« Arrêtez ! » cria Moreau en me voyant me diriger vers la fissure ; puis il ordonna : « Arrêtez-le ! »

A ces mots, les figures des brutes se tournèrent une à une vers moi. Heureusement, leur cerveau bestial était lent à comprendre.

D'un coup d'épaule, j'envoyai rouler à terre un monstre gauche et maladroit, qui se retournait pour voir ce que voulait dire Moreau, et il alla tomber en en renversant un autre. Il chercha à se rattraper à moi, mais me manqua. La petite créature rose se précipita pour me saisir, mais je l'abattis d'un coup de bâton et le clou balafra sa vilaine figure. L'instant d'après, j'escaladais un sentier à pic, une sorte de cheminée inclinée qui sortait du ravin. J'entendis un hurlement et des cris :

« Attrapez-le ! Arrêtez-le ! »

Le monstre gris apparut derrière moi et engagea sa masse dans la brèche. Les autres suivaient en hurlant.

J'escaladai l'étroite crevasse et débouchai sur la solfatare du côté ouest du village des hommes-animaux. Je franchis cet espace en courant, descendis une pente abrupte où poussaient quelques arbres épars, et arrivai à un bas-fond plein de grands roseaux. Je m'y engageai, avançant jusqu'à un épais et sombre fourré dont le sol cédait sous les pieds.

La brèche avait été, pour moi, une chance inespérée, car le sentier étroit et montant obliquement dut gêner grandement et retarder ceux qui me poursuivaient. Au moment où je m'enfonçai dans les roseaux, le plus proche émergeait seulement de la crevasse.

Pendant quelques minutes, je continuai à courir dans le fourré. Bientôt, autour de moi, l'air fut plein de cris menaçants. J'entendis le tumulte de la poursuite, le bruit des roseaux écrasés, et, de temps en temps, le craquement des branches. Quelques-uns des monstres rugissaient comme des bêtes féroces. Vers la gauche, le chien aboyait ; dans la même direction, j'entendis Moreau et Montgomery pousser leurs appels. Je tournai brusquement vers la droite. Il me sembla à ce moment entendre Montgomery me crier de fuir, si je tenais à la vie.

Bientôt le sol, gras et bourbeux, céda sous mes pieds ; mais, avec une énergie désespérée, je m'y jetai tête baissée, barbotant jusqu'aux genoux, et je parvins enfin à un sentier sinueux entre de grands roseaux. Le tumulte de la poursuite s'éloigna vers la gauche. A un endroit, trois étranges animaux roses, de la taille d'un chat, s'enfuirent en sautillant devant moi. Ce sentier montait à travers un autre espace libre, couvert d'incrustations blanches, pour s'enfoncer de nouveau dans les roseaux.

Puis, soudain, il tournait, suivant le bord d'une crevasse à pic, survenant comme le saut-de-loup d'un parc anglais, brusque et imprévue. J'arrivais en courant de toutes mes forces et ne remarquai ce précipice qu'en m'y sentant dégringoler dans le vide.

Je tombai, la tête et les épaules en avant, parmi des épines, et me relevai, une oreille déchirée et la figure ensanglantée. J'avais culbuté dans un ravin escarpé, plein de roches et d'épines. Un brouillard s'enroulait en longues volutes autour de moi, et un ruisselet étroit d'où montait cette brume serpentait jusqu'au fond. Je fus étonné de trouver du brouillard dans la pleine ardeur du jour, mais je n'avais pas le loisir de m'attarder à réfléchir. J'avançai en suivant la direction du courant, espérant arriver ainsi jusqu'à la mer et avoir le chemin libre pour me noyer ; ce fut plus tard seulement que je m'aperçus que j'avais perdu mon bâton dans ma chute.

Bientôt, le ravin se rétrécit sur un certain espace, et, insouciamment, j'entrai dans le courant. J'en ressortis bien vite, car l'eau était presque brûlante. Je remarquai aussi une mince écume sulfureuse flottant à sa surface. Presque immédiatement le ravin faisait un angle brusque et j'aperçus l'indistinct horizon bleu. La mer proche reflétait le soleil par des myriades de facettes. Je vis ma mort devant moi.

Mais j'étais trempé de sueur et haletant. Je ressentais aussi une certaine exaltation d'avoir devancé ceux qui me pourchassaient, et cette joie et cette surexcitation m'empêchèrent alors de me noyer sans plus attendre.

Je me retournai dans la direction d'où je venais, l'oreille aux écoutes. A part le bourdonnement des moucherons et le bruissement de certains insectes qui sautaient parmi les buissons, l'air était absolument tranquille.

Alors, me parvinrent, très faibles, l'aboiement d'un chien, puis un murmure confus de voix, le claquement d'un fouet. Ces bruits s'accrurent, puis diminuèrent, remontèrent le courant, pour s'évanouir. Pour un temps, la chasse semblait terminée.

Mais je savais maintenant quelle chance de secours je pouvais trouver dans ces bipèdes.

Je repris ma route vers la mer. Le ruisseau

d'eau chaude s'élargissait en une embouchure encombrée de sables et d'herbes, sur lesquels une quantité de crabes et de bêtes aux longs corps munis de nombreuses pattes grouillèrent à mon approche. J'avançai jusqu'au bord des flots, où, enfin, je me sentis en sécurité. Je me retournai et, les mains sur les hanches, je contemplai l'épaisse verdure dans laquelle le ravin vaporeux faisait une brèche embrumée. Mais j'étais trop surexcité et — chose réelle, dont douteront ceux qui n'ont jamais connu le danger — trop désespéré pour mourir.

Alors, il me vint à l'esprit que j'avais encore une chance. Tandis que Moreau, Montgomery et leur cohue bestiale me pourchassaient à travers l'île, ne pourrais-je pas contourner la grève et arriver à l'enclos ? tenter de faire une marche de flanc contre eux et alors, avec une pierre arrachée au mur peu solidement bâti, briser la serrure de la petite porte et essayer de trouver un couteau, un pistolet, que sais-je, pour leur tenir tête à leur retour ? En tous les cas, c'était une chance de vendre chèrement ma vie.

Je me tournai vers l'ouest, avançant au long des flots. L'aveuglante ardeur du soleil couchant flamboyait devant mes yeux ; et la faible marée du Pacifique montait en longues ondulations.

Bientôt le rivage s'éloigna vers le sud et j'eus le soleil à ma droite. Puis, tout à coup, loin en face de moi, je vis, une à une, plusieurs figures émerger des buissons — Moreau, avec son grand chien gris, ensuite Montgomery et deux autres. A cette vue, je m'arrêtai.

Ils m'aperçurent et se mirent à gesticuler et à avancer. Je restai immobile, les regardant venir. Les deux hommes-animaux s'élancèrent en courant pour me couper la retraite vers les buissons de l'intérieur. Montgomery aussi se mit à courir, mais droit vers moi. Moreau suivait plus lentement avec le chien.

Enfin, je secouai mon inaction et, me tournant du côté de la mer, j'entrai délibérément dans les flots. J'y fis une trentaine de mètres avant que l'eau me vînt à la taille. Vaguement, je pouvais voir les bêtes de marée s'enfuir sous mes pas.

« Mais que faites-vous ? » cria Montgomery. Je me retournai, de l'eau jusqu'à mi-corps, et les regardai.

Montgomery était resté haletant au bord du flot. Sa figure, après cette course, était d'un rouge vif, ses longs cheveux plats étaient en désordre, et sa lèvre inférieure, tombante, laissait voir ses dents irrégulières. Moreau approchait seulement, la face pâle et ferme, et le chien qu'il maintenait aboya après moi. Les deux hommes étaient munis de fouets solides. Plus haut, au bord des broussailles, se tenaient les hommes-animaux aux aguets.

« Ce que je fais ? — Je vais me noyer. »

Montgomery et Moreau échangèrent un regard.

« Pourquoi ? demanda Moreau.

— Parce que cela vaut mieux qu'être torturé par vous.

— Je vous l'avais dit », fit Montgomery ; et Moreau lui répondit quelque chose à voix basse.

« Qu'est-ce qui vous fait croire que je vais vous torturer ? demanda Moreau.

— Ce que j'ai vu, répondis-je. Et puis, ceux-là — là-bas !

— Chut ! fit Moreau en levant la main.

— Je ne me tairai pas, dis-je. Ils étaient des hommes : que sont-ils maintenant ? Moi, du moins, je ne serai pas comme eux. »

Mes regards allèrent plus loin que mes interlocuteurs. En arrière, sur le rivage, se tenaient M'ling, le domestique de Montgomery, et l'une des brutes vêtues de blanc qui avaient manié la chaloupe. Plus loin encore, dans l'ombre des arbres, je vis un petit Homme-Singe, et, derrière lui, quelques vagues figures.

« Qui sont ces créatures ? m'écriai-je en les indiquant du doigt et en élevant de plus en plus la voix pour qu'ils m'entendissent. C'étaient des hommes — des hommes comme vous, dont vous avez fait des êtres abjects par quelque flétrissure bestiale — des hommes dont vous avez fait vos esclaves, et que vous craignez encore. — Vous qui écoutez, m'écriai-je, en indiquant Moreau, et m'égosillant pour être entendu par les monstres, vous qui m'écoutez, ne voyez-vous pas que ces hommes vous craignent, qu'ils ont peur de vous ? Pourquoi n'osez-vous pas ? Vous êtes nombreux...

— Pour l'amour de Dieu, cria Montgomery, taisez-vous, Prendick !

— Prendick ! » appela Moreau.

Ils crièrent tous deux ensemble comme pour étouffer ma voix. Derrière eux, se précisaient les faces curieuses des monstres, leurs yeux interrogateurs, leurs mains informes pendantes, leurs épaules contrefaites. Ils paraissaient, comme je me l'imaginais, s'efforcer de me comprendre, de se rappeler quelque chose de leur passé humain.

Je continuai à vociférer mille choses dont je ne me souviens pas : sans doute que Moreau et Montgomery pouvaient être tués ; qu'il ne fallait pas avoir peur d'eux. Telles furent les idées que je révélai à ces monstres pour ma perte finale. Je vis l'être aux yeux verts et aux loques sombres, qui était venu au-devant de moi, le soir de mon arrivée, sortir des arbres et d'autres le suivre pour mieux m'entendre.

Enfin, à bout de souffle, je m'arrêtai.

« Écoutez-moi un instant, fit Moreau de sa voix ferme et brève, et après vous direz ce que vous voudrez.

— Eh bien ? » dis-je.

Il toussa, réfléchit quelques secondes, puis cria :

« En latin, Prendick, en mauvais latin, en latin de cuisine, mais essayez de comprendre. *Hi non sunt homines, sunt animalia quae nos habemus...*

vivisectés. Fabrication d'humanité. Je vous expliquerai. Mais sortez de là.

— Elle est bonne ! m'écriai-je en riant. Ils parlent, construisent des cabanes, cuisinent. Ils étaient des hommes. Prenez-y garde que je sorte d'ici.

— L'eau, juste au-delà d'où vous êtes, est profonde... et il y a des requins en quantité.

— C'est ce qu'il me faut, répondis-je. Courte et bonne. Tout à l'heure. Je vais d'abord vous jouer un bon tour.

— Attendez. »

Il sortit de sa poche quelque chose qui étincela au soleil et il jeta l'objet à ses pieds.

« C'est un revolver chargé, dit-il. Montgomery va faire de même. Ensuite nous allons remonter la grève jusqu'à ce que vous estimiez la distance convenable. Alors venez et prenez les revolvers.

— C'est ça ; et l'un de vous en a un troisième.

— Je vous prie de réfléchir un peu, Prendick. D'abord, je ne vous ai pas demandé de venir dans cette île. Puis, nous vous avions drogué la nuit dernière et l'occasion eût été bonne. Ensuite, maintenant que votre première terreur est passée et que vous pouvez peser les choses — est-ce que Montgomery vous paraît être le type que vous dites ? Nous vous avons cherché et poursuivi pour votre bien, parce que cette île est pleine de... phénomènes hostiles. Pourquoi tirerions-nous sur vous quand vous offrez de vous noyer vous-même ?

— Pourquoi avez-vous lancé vos... gens sur moi, quand j'étais dans la hutte ?

— Nous étions sûrs de vous rejoindre et de vous tirer du danger. Après cela, nous avons volontairement perdu votre piste, pour votre salut. »

Je réfléchis. Cela semblait possible. Puis je me rappelai quelque chose.

« Mais ce que j'ai vu... dans l'enclos..., dis-je.

— C'était le puma.

— Écoutez, Prendick, dit Montgomery. Vous êtes un stupide imbécile. Sortez de l'eau, prenez les revolvers et on pourra causer. Nous ne pouvons rien faire de plus que ce que nous faisons maintenant. »

Il me faut avouer qu'alors, et, à vrai dire, toujours, je me méfiais, et avais peur de Moreau. Mais Montgomery était un homme avec qui je pouvais m'entendre.

« Remontez la grève et levez les mains en l'air, ajoutai-je, après réflexion.

— Pas cela, dit Montgomery, avec un signe de tête explicatif par-dessus son épaule. Manque de dignité.

— Allez jusqu'aux arbres, dans ce cas, s'il vous plaît.

— Quelles idiotes cérémonies ! » dit Montgomery.

Ils se retournèrent tous deux et firent face aux six ou sept grotesques bipèdes, qui étaient debout au soleil, solides, mobiles, ayant une ombre et pourtant si incroyablement irréels. Montgomery fit claquer son fouet et, tournant immédiatement les talons, ils s'enfuirent à la débandade sous les arbres. Lorsque Montgomery et Moreau furent à une distance que je jugeai convenable, je revins au rivage, ramassai les revolvers et les examinai. Pour me satisfaire contre toute supercherie, je tirai sur un morceau de lave arrondie et eus le plaisir de voir la pierre pulvérisée et le sable couvert de fragments et de plomb.

Pourtant j'hésitai encore un moment.

« J'accepte le risque », dis-je enfin, et un revolver à chaque main, je remontai la grève pour les rejoindre.

« Ça vaut mieux, dit Moreau sans affectation. Avec tout cela, vous avez gâché la meilleure partie de ma journée. »

Avec un air dédaigneux qui m'humilia, Montgomery et lui se mirent à marcher en silence devant moi.

La bande des monstres, encore surpris, s'était reculée sous les arbres. Je passai devant eux aussi tranquillement que possible. L'un d'eux fit mine de me suivre, mais il se retira quand Montgomery eut fait claquer son fouet. Le reste, sans bruit, nous suivit des yeux. Ils pouvaient sans doute avoir été des animaux. Mais je n'avais encore jamais vu un animal essayer de penser.

CHAPITRE VIII

MOREAU S'EXPLIQUE

« Et maintenant, Prendick, je m'explique, dit le docteur Moreau, aussitôt que nous eûmes mangé et bu. Je dois avouer que vous êtes bien l'hôte le plus exigeant que j'aie jamais traité et je vous avertis que c'est la dernière chose que je fais pour vous obliger. Vous pouvez, à votre aise, menacer de vous suicider ; je ne bougerai pas, même si je devais en avoir quelque ennui. »

Il s'assit dans le fauteuil pliant, un cigare entre ses doigts pâles et souples. La clarté d'une lampe suspendue tombait sur ses cheveux blancs ; son regard errait dans les étoiles par la petite fenêtre sans vitres. J'étais assis aussi loin de lui que possible, la table entre nous et les revolvers à portée de la main. Montgomery n'était pas là. Je ne me souciais pas encore d'être avec eux dans une si petite pièce.

« Vous admettez que l'être humain vivisecté, comme vous l'appeliez, n'est, après tout, qu'un puma ? » dit Moreau.

Il m'avait mené dans l'intérieur de l'enclos pour que je pusse m'assurer de la chose.

« C'est le puma, répondis-je, le puma encore vivant, mais taillé et mutilé de telle façon que je souhaite ne plus voir jamais de semblable chair vivante. De tous les abjects...

— Peu importe ! interrompit Moreau. Du moins, épargnez-moi ces généreux sentiments. Montgomery était absolument de même. Vous admettez que c'est le puma. Maintenant, tenez-vous en repos pendant que je vais vous débiter ma conférence de physiologie. »

Aussitôt, sur le ton d'un homme souverainement ennuyé, mais s'échauffant peu à peu, il commença à m'expliquer ses travaux. Il s'exprimait d'une façon très simple et convaincante. De temps à autre, je remarquai dans son ton un accent sarcastique, et bientôt je me sentis rouge de honte à nos positions respectives.

Les créatures que j'avais vues n'étaient pas des hommes, n'avaient jamais été des hommes. C'étaient des animaux — animaux humanisés — triomphe de la vivisection.

« Vous oubliez tout ce qu'un habile vivisecteur peut faire avec des êtres vivants, disait Moreau. Pour ma part, je me demande encore pourquoi les choses que j'ai essayées ici n'ont pas encore été faites. Sans doute, on a tenté quelques efforts — amputations, ablations, résections, excisions. Sans doute, vous savez que le strabisme peut être produit ou guéri par la chirurgie. Dans les cas d'ablation vous avez toutes sortes de changements sécrétoires, de troubles organiques, de modifications des passions, de transformations dans la sensation des tissus. Je suis certain que vous avez entendu parler de tout cela ?

— Sans doute, répondis-je. Mais ces répugnants bipèdes que...

— Chaque chose en son temps, dit-il, avec un geste rassurant. Je commence seulement. Ce sont là des cas ordinaires de transformation. La chirurgie peut faire mieux que cela. On peut construire aussi facilement qu'on détruit ou qu'on transforme. Vous avez entendu parler, peut-être, d'une opération fréquente en chirurgie à laquelle on a recours dans les cas où le nez n'existe plus. Un fragment de peau est enlevé sur le front, reporté sur le nez et il se greffe à sa nouvelle place. C'est une sorte de greffe d'une partie d'un animal sur une autre partie de lui-même. On peut aussi greffer une partie récemment enlevée d'un autre animal. C'est le cas pour les dents, par exemple. La greffe de la peau et de l'os est faite pour faciliter la guérison. Le chirurgien place dans le milieu de la blessure des morceaux de peau coupés sur un autre animal ou des fragments d'os d'une victime récemment tuée. Vous avez peut-être entendu parler de l'ergot de coq que Hunter avait greffé sur le cou d'un taureau. Et les rats à trompe des zouaves d'Algérie, il faut aussi en parler — monstres confectionnés au moyen d'un fragment de queue d'un rat ordinaire transféré dans une incision faite sur leur museau et reprenant vie dans cette position.

— Des monstres confectionnés ! Alors, vous voulez dire que...

— Oui. Ces créatures, que vous avez vues, sont des animaux taillés et façonnés en de nouvelles formes. A cela — à l'étude de la plasticité des formes vivantes — ma vie a été consacrée. J'ai étudié pendant des années, acquérant à mesure de nouvelles connaissances. Je vois que vous avez l'air horrifié, et cependant je ne vous dis rien de nouveau. Tout cela se trouve depuis fort longtemps à la surface de l'anatomie pratique, mais personne n'a eu la témérité d'y toucher. Ce n'est pas seulement la forme extérieure d'un animal que je puis changer. La physiologie, le rythme chimique de la créature peuvent aussi subir une modification durable dont la vaccination et autres méthodes d'inoculation de matières vivantes ou mortes sont des exemples qui vous sont, à coup sûr, familiers. Une opération similaire est la transfusion du sang, et c'est avec cela, à vrai dire, que j'ai commencé. Ce sont là des cas fréquents. Moins ordinaires, mais probablement beaucoup plus hardies, étaient les opérations de ces praticiens du Moyen Age qui fabriquaient des nains, des culs-de-jatte, des estropiés et des monstres de foire ; des vestiges de cet art se retrouvent encore dans les manipulations préliminaires que subissent les saltimbanques et les acrobates. Victor Hugo en parle longuement dans *L'Homme qui rit...* Mais vous comprenez peut-être mieux ce que je veux dire. Vous commencez à voir que c'est une chose possible de transplanter le tissu d'une partie d'un animal à une autre, ou d'un animal à un autre animal, de modifier ses réactions chimiques et ses méthodes de croissance, de retoucher les articulations de ses membres, et en somme de le changer dans sa structure la plus intime.

« Cependant, cette extraordinaire branche de la connaissance n'avait jamais été cultivée, comme une fin et systématiquement, par les investigateurs modernes, jusqu'à ce que je la prenne en main. Diverses choses de ce genre ont été indiquées par quelques tentatives chirurgicales ; la plupart des exemples analogues qui vous reviendront à l'esprit ont été démontrés, pour ainsi dire, par accident — par des tyrans, des criminels, par les éleveurs de chevaux et de chiens, par toute sorte d'ignorants et de maladroits travaillant pour des résultats égoïstes et immédiats. Je fus le premier qui soulevai cette question, armé de la chirurgie antiseptique et possédant une connaissance réellement scientifique des lois naturelles.

« On pourrait s'imaginer que cela fut pratiqué en secret auparavant. Des êtres tels que les frères siamois... Et dans les caveaux de l'Inquisition... Sans doute, leur but principal était la torture artistique, mais du moins quelques-uns des inquisiteurs durent avoir une vague curiosité scientifique...

— Mais, interrompis-je, ces choses, ces animaux *parlent!* »

Il répondit qu'ils parlaient en effet et continua à démontrer que les possibilités de la vivisection ne s'arrêtent pas à une simple métamorphose physique. Un cochon peut recevoir une éducation. La structure mentale est moins déterminée encore que la structure corporelle. Dans la science de l'hypnotisme, qui grandit et se développe, nous trouvons la possibilité promise de remplacer de vieux instincts ataviques par des suggestions nouvelles, greffées sur des idées héréditaires et fixes ou prenant leur place. A vrai dire, beaucoup de ce que nous appelons l'éducation morale est une semblable modification artificielle et une perversion de l'instinct combatif ; la pugnacité se canalise en courageux sacrifice de soi et la sexualité supprimée en émotion religieuse. La grande différence entre l'homme et le singe est dans le larynx, dit-il, dans la capacité de former délicatement différents sons-symboles par lesquels la pensée peut se soutenir.

Sur ce point, je n'étais pas de son avis, mais, avec une certaine incivilité, il refusa de prendre garde à mon objection. Il répéta que le fait était exact et continua l'exposé de ses travaux.

Je lui demandai pourquoi il avait pris la forme humaine comme modèle. Il me semblait alors, et il me semble encore maintenant, qu'il y avait dans ce choix une étrange perversité.

Il avoua qu'il avait choisi cette forme par hasard.

« J'aurais aussi bien pu transformer des moutons en lamas, et des lamas en moutons. Je suppose qu'il y a dans la forme humaine quelque chose qui appelle à la tournure artistique de l'esprit plus puissamment qu'aucune autre forme animale. Mais je ne me suis pas borné à fabriquer des hommes. Une fois ou deux... »

Il se tut pendant un moment.

« Ces années ! avec quelle rapidité elles se sont écoulées ! Et voici que j'ai perdu une journée pour vous sauver la vie et que je perds une heure encore à vous donner des explications.

— Cependant, dis-je, je ne comprends pas encore. Quelle est votre justification pour infliger toutes ces souffrances ? La seule chose qui pourrait à mes yeux excuser la vivisection serait quelque application...

— Précisément, dit-il. Mais, vous le voyez, je suis constitué différemment. Nous nous plaçons à des points de vue différents. Vous êtes matérialiste.

— Je ne suis pas matérialiste, interrompis-je vivement.

— A mon point de vue, à mon point de vue. Car c'est justement cette question de souffrance qui nous partage. Tant que la souffrance, qui se voit ou s'entend, vous rendra malade, tant que vos propres souffrances vous mèneront, tant que la douleur sera la base de vos idées sur le mal, sur le péché, vous serez un animal, je vous le dis, pensant un peu moins obscurément ce qu'un animal ressent. Cette douleur... »

J'eus un haussement d'épaules impatient à de pareils sophismes.

« Mais c'est si peu de chose, continua-t-il. Un esprit réellement ouvert à ce que la science révèle doit se rendre compte que c'est fort peu de chose. Il se peut que, sauf dans cette petite planète, ce grain de poussière cosmique, invisible de la plus proche étoile, il se peut que nulle part ailleurs ne se rencontre ce qu'on appelle la souffrance. Les lois vers lesquelles nous nous acheminons en tâtonnant... D'ailleurs, même sur cette terre, même parmi tout ce qui vit, qu'est donc la douleur ? »

En parlant, il tira de sa poche un petit canif, en ouvrit une lame, avança son fauteuil de façon que je puisse voir sa cuisse ; puis, choisissant la place, il enfonça délibérément la lame dans sa chair et l'en retira.

« Vous aviez, sans doute, déjà vu cela. On ne le sent pas plus qu'une piqûre d'épingle. Qu'en conclure ? La capacité de souffrir n'est pas nécessaire dans le muscle et ne s'y trouve pas ; elle n'est que nécessaire dans la peau, et, dans la cuisse, à peine ici ou là se trouve-t-il un point capable de sentir la douleur. La douleur n'est que notre conseiller médical intime pour nous avertir et nous stimuler. Toute chair vivante n'est pas douloureuse, non plus que les nerfs, ni même tous les nerfs sensoriels. Il n'y a aucune trace de souffrance réelle dans les sensations du nerf optique. Si vous blessez le nerf optique, vous voyez simplement des flamboiements de lumière, de même qu'une lésion du nerf auditif se manifeste simplement par un bourdonnement dans les oreilles. Les végétaux ne ressentent aucune douleur ; les animaux inférieurs — il est possible que des animaux tels que l'astérie ou l'écrevisse ne ressentent pas la douleur. Alors, quant aux hommes, plus intelligents ils deviennent et plus intelligemment ils travailleront à leur bien-être et moins nécessaire sera l'aiguillon qui les avertit du danger. Je n'ai encore jamais vu de chose inutile qui ne soit tôt ou tard déracinée et supprimée de l'existence — et vous ? or, la douleur devient inutile.

« D'ailleurs, je suis un homme religieux, Prendick, comme tout homme sain doit l'être. Il se peut que je me figure être un peu mieux renseigné que vous sur les méthodes du Créateur de ce monde — car j'ai cherché ses lois à *ma* façon, toute ma vie, tandis que vous, je crois, vous collectionnez des papillons. Et je vous réponds bien que le plaisir et la douleur n'ont rien à voir avec le ciel ou l'enfer. Le plaisir et la douleur !... Bah ! Qu'est-ce que l'extase du théologien, sinon la houri de Mahomet dans les ténèbres ? Ce grand cas que les hommes et les femmes font du plaisir et de la douleur, Prendick, est la marque de la bête en eux, la marque de la bête dont ils descendent. La souffrance ! Le plaisir et la douleur !... Nous ne les sentons qu'aussi longtemps que nous nous roulons dans la poussière.

« Vous voyez, j'ai continué mes recherches dans la voie où elles m'ont mené. C'est la seule façon que je sache de conduire des recherches. Je pose une question, invente quelque méthode d'avoir une réponse et j'obtiens... une nouvelle question. Ceci ou cela est-il possible ? Vous ne pouvez vous imaginer ce que cela signifie pour un investigateur, quelle passion intellectuelle s'empare de lui. Vous ne pouvez vous imaginer les étranges délices de ces désirs intellectuels. La chose que vous avez devant vous n'est plus un animal, une créature comme vous, mais un problème. La souffrance par sympathie — tout ce que j'en sais est le souvenir d'une chose dont j'ai souffert il y a bien des années. Je voulais — c'était mon seul désir — trouver la limite extrême de plasticité dans une forme vivante.

— Mais, fis-je, c'est une abomination...

— Jusqu'à ce jour je ne me suis nullement préoccupé de l'éthique de la matière. L'étude de la Nature rend un homme au moins aussi impitoyable que la Nature. J'ai poursuivi mes recherches sans me soucier d'autre chose que de la question que je voulais résoudre et les matériaux... ils sont là-bas, dans les huttes... Il y a bientôt onze ans que nous sommes venus ici, Montgomery et moi, avec six Canaques. Je me rappelle la verte tranquillité de l'île et l'océan vide autour de nous, comme si c'était hier. L'endroit semblait m'attendre.

« Les provisions furent débarquées et l'on construisit la maison. Les Canaques établirent leurs huttes près du ravin. Je me mis à travailler ici sur ce que j'avais apporté. Au début, des choses désagréables arrivèrent. Je commençai avec un mouton, mais, après un jour et demi de travail, mon scalpel glissa et la bête mourut ; je pris un autre mouton ; j'en fis une chose de douleur et de peur et bandai ses blessures pour qu'il guérît. Une fois fini, il me sembla parfaitement humain, mais quand je le revis, j'en fus mécontent. Il se rappelait de moi, éprouvait une terreur indicible et n'avait pas plus d'esprit qu'un mouton. Plus je le regardais, plus il me semblait difforme, et enfin je fis cesser les misères de ce monstre. Ces animaux sans courage, ces êtres craintifs et sensibles, sans la moindre étincelle d'énergie combative pour affronter la souffrance, ne valent rien pour confectionner des hommes.

« Puis, je pris un gorille que j'avais, et avec lui, travaillant avec le plus grand soin, venant à bout de chaque difficulté, l'une après l'autre, je fis mon premier homme. Toute une semaine, jour et nuit, je le façonnai ; c'était surtout son cerveau qui avait besoin d'être retouché ; il fallut y ajouter grandement et le changer beaucoup. Quand j'eus fini et qu'il fut là, devant moi, lié, bandé, immobile, je jugeai que c'était un beau spécimen du type négroïde. Je ne le quittai que quand je fus certain qu'il survivrait, et je vins dans cette pièce, où je trouvai Montgomery dans un état assez semblable au vôtre. Il avait entendu quelques-uns des cris de la bête à mesure qu'elle s'humanisait, des cris comme ceux qui vous ont tellement troublé. Je ne l'avais pas admis entièrement dans mes confidences, tout d'abord. Les Canaques, eux aussi, s'étaient mis martel en tête, et ma seule vue les effarouchait. Je regagnai la confiance de Montgomery, jusqu'à un certain point, mais nous eûmes toutes les peines du monde à empêcher les Canaques de déserter. A la fin, ils y réussirent, et nous perdîmes aussi le yacht. Je passai de nombreuses journées à faire l'éducation de ma brute — en tout trois ou quatre mois. Je lui enseignai les rudiments de l'anglais, lui donnai quelque idée des nombres, lui fis même lire l'alphabet. Mais il avait le cerveau lent — bien que j'aie vu des idiots plus lents certainement. Il commença avec la table rase, mentalement, il n'avait dans son esprit aucun souvenir de ce qu'il avait été. Quand ses cicatrices furent complètement fermées, qu'il ne fut plus raide et endolori, qu'il put dire quelques mots, je l'emmenai là-bas et le présentai aux Canaques comme un nouveau compagnon.

« D'abord, ils eurent horriblement peur de lui — ce qui m'offensa quelque peu, car j'éprouvais un certain orgueil de mon œuvre — mais ses manières paraissaient si douces, et il était si abject qu'au bout de peu de temps, ils l'acceptèrent et prirent en main son éducation. Il apprenait avec rapidité, imitant et s'appropriant tout, et il se construisit une cabane, mieux faite même, me sembla-t-il, que leurs huttes. Il y en avait un parmi eux, vaguement missionnaire, qui lui apprit à lire ou du moins à épeler, lui donna quelques idées rudimentaires de moralité, mais il paraît que les habitudes de la bête n'étaient pas tout ce qu'il y avait de plus désirable.

« Après cela, je pris quelques jours de repos, et j'eus l'idée de rédiger un exposé de toute l'affaire pour réveiller les physiologistes européens. Mais, une fois, je trouvai ma créature perchée dans un arbre, jacassant et faisant des grimaces à deux des Canaques qui l'avaient taquinée. Je la menaçai, lui reprochai l'inhumanité d'un tel procédé, réveillai chez lui le sens de la honte, et revins ici, résolu à faire mieux encore avant de faire connaître le résultat de mes travaux. Et j'ai fait mieux ; mais, quoi qu'il en soit, les brutes rétrogradent, la bestialité opiniâtre reprend jour après jour le dessus. J'ai l'intention de faire mieux encore. J'en viendrai à bout. Ce puma...

« Mais revenons au récit. Tous les Canaques sont morts maintenant. L'un tomba par-dessus bord, de la chaloupe ; un autre mourut d'une blessure au talon qu'il empoisonna, d'une façon quelconque, avec du jus de plante. Trois s'enfuirent avec le yacht et furent noyés, je le suppose et je l'espère. Le dernier... fut tué. Mais — je les ai remplacés. Montgomery se comporta d'abord comme vous étiez disposé à le faire puis...

— Qu'est devenu l'autre, demandai-je vivement, l'autre Canaque qui a été tué ?

— Le fait est qu'après que j'eus fabriqué un certain nombre de créatures humaines, je fis un être... »

Il hésita.

« Eh bien ? dis-je.

— Il fut tué.

— Je ne comprends pas. Voulez-vous dire que...

— Il tua le Canaque... oui. Il tua plusieurs autres choses qu'il attrapa. Nous le pourchassâmes pendant deux jours. Il avait été lâché par accident — je n'avais pas eu l'intention de le mettre en liberté. Il n'était pas fini. C'était simplement une expérience. Une chose sans membres qui se tortillait sur le sol à la façon d'un serpent. Ce monstre était d'une force immense et rendu furieux par la douleur ; il avançait avec une grande rapidité, de l'allure roulante d'un marsouin qui nage. Il se cacha dans les bois pendant quelques jours, s'en prenant à tout ce qu'il rencontrait, jusqu'à ce que nous nous fussions mis en chasse ; alors il se traîna dans la partie nord de l'île, et nous nous divisâmes pour le cerner. Montgomery avait insisté pour se joindre à moi. Le Canaque avait une carabine et quand nous trouvâmes son corps, le canon de son arme était tordu en forme d'S et presque traversé à coups de dents... Montgomery abattit le monstre d'un coup de fusil... Depuis lors, je m'en suis tenu à l'idéal de l'humanité... excepté pour de petites choses. »

Il se tut. Je demeurai silencieux, examinant son visage.

« Ainsi, reprit-il, pendant vingt ans entiers — en comptant neuf années en Angleterre — j'ai travaillé, et il y a encore quelque chose dans tout ce que je fais qui déjoue mes plans, qui me mécontente, qui me provoque à de nouveaux efforts. Quelquefois je dépasse mon niveau, d'autres fois je tombe au-dessous, mais toujours je reste loin des choses que je rêve. La forme humaine, je puis l'obtenir maintenant, presque avec facilité, qu'elle soit souple et gracieuse, ou lourde et puissante, mais souvent j'ai de l'embarras avec les mains et les griffes — appendices douloureux que je n'ose façonner trop librement. Mais c'est la greffe et la transformation subtiles qu'il faut faire subir au cerveau qui sont mes principales difficultés. L'intelligence reste souvent singulièrement primitive, assez d'inexplicables lacunes, des vides inattendus. Et le moins satisfaisant de tout est quelque chose que je ne puis atteindre, quelque part — je ne puis déterminer où — dans le siège des émotions. Des appétits, des instincts, des désirs qui nuisent à l'humanité, un étrange réservoir caché qui éclate soudain et inonde l'individualité tout entière de la créature : de colère, de haine ou de crainte. Ces êtres que j'ai façonnés vous ont paru étranges et dangereux aussitôt que vous avez commencé à les observer, mais à moi, aussitôt que je les ai achevés, ils me semblent être indiscutablement des êtres humains. C'est après, quand je les observe, que ma conviction disparaît. D'abord, un trait animal, puis un autre, se glisse à la surface et m'apparaît flagrant. Mais j'en viendrai à bout, encore. Chaque fois que je plonge une créature vivante dans ce bain de douleur cuisante, je me dis : cette fois, toute l'animalité en lui sera brûlée, cette fois je vais créer de mes mains une créature raisonnable. Après tout, qu'est-ce que dix ans ? Il a fallu des centaines de milliers d'années pour faire l'homme. »

Il parut plongé dans de profondes pensées.

« Mais j'approche du but, je saurai le secret. Ce puma que je... »

Il se tut encore.

« Et ils rétrogradent, reprit-il. Aussitôt que je n'ai plus la main dessus, la bête commence à reparaître, à revendiquer ses droits... »

Un autre long silence se fit.

« Alors, dis-je, vous envoyez dans les repaires du ravin les monstres que vous fabriquez.

— Ils y vont. Je les lâche quand je commence à sentir la bête en eux, et bientôt, ils sont là-bas. Tous, ils redoutent cette maison et moi. Il y a dans le ravin une parodie d'humanité. Montgomery en sait quelque chose, car il s'immisce dans leurs affaires. Il en a dressé un ou deux à nous servir. Il en a honte, mais je crois qu'il a une sorte d'affection pour quelques-uns de ces êtres. C'est son affaire, ça ne me regarde pas. Ils me donnent une impression de raté qui me dégoûte. Ils ne m'intéressent pas. Je crois qu'ils suivent les règles que le missionnaire canaque a indiquées et qu'ils ont une sorte d'imitation dérisoire de vie rationnelle — les pauvres brutes ! Ils ont quelque chose qu'ils appellent *la Loi,* ils chantent des mélopées où ils proclament *tout à lui.* Ils construisent eux-mêmes leurs repaires, recueillent des fruits et arrachent des herbes — s'accouplent même. Mais je ne vois clairement dans tout cela, dans leurs âmes mêmes, rien autre chose que des âmes de bêtes, de bêtes qui périssent — la colère et tous les appétits de vivre et de se satisfaire... Pourtant, ils sont étranges, bizarres — complexes comme tout ce qui vit. Il y a en eux une sorte de tendance vers quelque chose de supérieur — en partie faite de vanité, en partie d'émotion cruelle superflue, en partie de curiosité gaspillée. Ce n'est qu'une singerie, une raillerie... J'ai quelque espoir pour ce puma. J'ai laborieusement façonné sa tête et son cerveau...

« Et maintenant, continua-t-il — en se levant après un long intervalle de silence pendant lequel nous avions l'un et l'autre suivi nos pensées — que dites-vous de tout cela ? Avez-vous encore peur de moi ? »

Je le regardai, et vis simplement un homme pâle, à cheveux blancs, avec des yeux calmes. Sous sa remarquable sérénité, l'aspect de beauté, presque, qui résultait de sa régulière tranquillité et de sa magnifique carrure, il aurait pu faire bonne figure parmi cent autres vieux gentlemen respectables. J'eus un frisson. Pour répondre à sa seconde question, je lui tendis un revolver.

« Gardez-les », fit-il en dissimulant un bâillement.

Il se leva, me considéra un moment, et sourit.

« Vous avez eu deux journées bien remplies. »

Il resta pensif un instant et sortit par la porte intérieure. Je donnai immédiatement un tour de clef à la porte extérieure.

Je m'assis à nouveau, plongé un certain temps dans un état de stagnation, une sorte d'engourdissement, si las, mentalement, physiquement et émotionnellement, que je ne pouvais conduire mes pensées au-delà du point où il les avait menées. La fenêtre me contemplait comme un grand œil noir. Enfin, avec un effort, j'éteignis la lampe et m'étendis dans le hamac. Je fus bientôt profondément endormi.

CHAPITRE IX

LES MONSTRES

Je m'éveillai de très bonne heure, ayant encore claire et nette à l'esprit l'explication de Moreau. Quittant le hamac, j'allai jusqu'à la porte m'assurer que la clef était tournée. Puis je tirai sur la barre de la fenêtre que je trouvai fixée solidement. Sachant que ces créatures d'aspect humain n'étaient en réalité que des monstres animaux, de grotesques parodies d'humanité, j'éprouvais une inquiétude vague de ce dont ils étaient capables, et cette impression était bien pire qu'une crainte définie. On frappa à la porte et j'entendis la voix glutinante de M'ling qui parlait. Je mis un des revolvers dans ma poche, gardant l'autre à la main, et j'allai lui ouvrir.

« Bonjour, messié », dit-il, apportant, avec l'habituel déjeuner d'herbes bouillies, un lapin mal cuit.

Montgomery le suivait. Son œil rôdeur remarqua la position de mon bras et il sourit de travers.

Le puma, ce jour-là, restait en repos pour hâter sa guérison ; mais Moreau, dont les habitudes étaient singulièrement solitaires, ne se joignit pas à nous. J'entamai la conversation avec Montgomery pour éclaircir un peu mes idées au sujet de la vie que menaient les bipèdes du navire. Je désirais vivement savoir, en particulier, comment il se faisait que ces monstres ne tombaient pas sur Moreau et Montgomery et ne se déchiraient pas entre eux.

Il m'expliqua que leur relative sécurité, à Moreau et à lui, était due à la cérébralité limitée de ces monstres. En dépit de leur intelligence augmentée et de la tendance rétrograde vers leurs instincts animaux, ils possédaient certaines idées fixes, implantées par Moreau dans leur esprit, qui bornaient absolument leur imagination. Ils étaient pour ainsi dire hypnotisés, on leur avait dit que certaines choses étaient impossibles, que d'autres ne devaient pas être faites, et ces prohibitions s'entremêlaient dans la contexture de leurs esprits jusqu'à annihiler toute possibilité de désobéissance ou de discussion. Certaines choses, cependant, pour lesquelles le vieil instinct était en conflit avec les intentions de Moreau, se trouvaient moins stables. Une série de propositions appelées : *la Loi* — les litanies que j'avais entendues — bataillaient dans leurs cerveaux contre les appétits profondément enracinés et toujours rebelles de leur nature animale. Ils répétaient sans cesse cette loi et la transgressaient sans cesse. Montgomery et Moreau déployaient une surveillance particulière pour leur laisser ignorer le goût du sang. Ils redoutaient les suggestions inévitables de cette saveur.

Montgomery me conta que le joug de la Loi, spécialement parmi les monstres félins, s'affaiblissait singulièrement à la nuit tombante ; l'animal, en eux, était alors prédominant ; au crépuscule, un esprit d'aventure les agitait et ils osaient alors des choses qui ne leur seraient pas venues à l'idée pendant le jour. C'est à cela que j'avais dû d'être pourchassé par l'Homme-Léopard, le soir de mon arrivée. Mais, dans les premiers temps de mon séjour, ils n'osaient enfreindre la Loi que furtivement et après le coucher du soleil ; au grand jour, il y avait, latent, un respect général pour les diverses prohibitions.

C'est ici peut-être le moment de donner quelques faits et détails généraux sur l'île et ses habitants. L'île, basse au-dessus de la mer, avait avec ses contours irréguliers une superficie totale d'environ huit ou dix kilomètres carrés. Elle était d'origine volcanique et elle était flanquée de trois côtés par des récifs de corail. Quelques fumerolles, dans la partie nord, et une source chaude étaient les seuls vestiges restants des forces qui avaient été sa cause. De temps à autre une faible secousse de tremblement de terre se faisait sentir, et quelquefois les paisibles spirales de fumées qui montaient vers le ciel devenaient tumultueuses sous des jets violents de vapeurs. Mais c'était tout. Montgomery m'informa que la population s'élevait maintenant à plus de soixante de ces étranges créations de Moreau, sans compter les monstruosités moins considérables qui vivaient cachées dans les fourrés du sous-bois, et n'avaient pas forme humaine. En tout, il en avait fabriqué cent vingt, mais un grand nombre étaient mortes, et d'autres, comme le monstre rampant dont il m'avait parlé, avaient fini tragiquement. En réponse à une question que je lui posai, Montgomery me dit qu'ils donnaient réellement naissance à des rejetons, mais que ceux-ci généralement ne vivaient pas, ou qu'ils ne prouvaient par aucun signe avoir hérité des caractéristiques humaines imposées à leurs parents. Quand ils vivaient, Moreau les prenait pour leur parfaire une forme humaine. Les femelles étaient moins nombreuses que les mâles et exposées à mille persécutions sournoises, malgré la monogamie qu'enjoignait la Loi.

Il me serait impossible de décrire en détail ces animaux-hommes — mes yeux ne sont nullement exercés et malheureusement je ne sais pas dessiner. Ce qu'il y avait, peut-être, de plus frappant dans leur aspect général était une disproportion énorme entre leurs jambes et la longueur de leur buste ; et cependant, notre conception de la grâce est si relative que mon œil s'habitua à leurs formes, et à la fin je fus presque d'accord avec leur propre conviction que mes longues cuisses étaient dégingandées. Un autre point important était le port de la tête en avant et la courbure accentuée et bestiale de la colonne vertébrale. A l'Homme-Singe lui-même il manquait cette cambrure immense du dos, qui rend la forme humaine si gracieuse. La plupart de ces bipèdes avaient les épaules gauchement arrondies et leurs courts avant-bras leur battaient les flancs. Quelques-uns à peine étaient visiblement poilus — du moins tant que dura mon séjour dans l'île.

Une autre difformité des plus évidentes était celle de leurs faces, qui, presque toutes, étaient prognathes, mal formées à l'articulation des mâchoires, près des oreilles, avec des nez larges et protubérants, une chevelure très épaisse, hérissée, et souvent des yeux étrangement colorés ou étrangement placés. Aucun de ces bipèdes ne savait rire, bien que l'Homme-Singe ait été capable d'une sorte de ricanement babillard. En dehors de ces caractères généraux, leurs têtes avaient peu de chose en commun ; chacune conservait les qualités de son espèce particulière : l'empreinte humaine dénaturait, sans le dissimuler, le léopard, le taureau, la truie, l'animal ou les animaux divers avec lesquels la créature avait été confectionnée. Les voix, aussi, variaient extrêmement. Les mains étaient toujours mal formées, et bien que j'aie été surpris parfois de ce qu'elles avaient d'humanité imprévue, il manquait à la plupart le nombre normal des doigts, ou bien elles étaient munies d'ongles bizarres, ou dépourvues de toute sensibilité tactile.

Les deux bipèdes les plus formidables étaient l'Homme-Léopard et une créature mi-hyène et mi-porc. De dimensions plus grandes étaient les trois Hommes-Taureaux qui ramaient dans la chaloupe. Puis, venaient ensuite l'homme au poil argenté qui était le catéchiste de la Loi, M'ling, et une sorte de satyre fait de singe et de chèvre. Il y avait encore trois Hommes-Porcs et une Femme-Porc, une Femme-Rhinocéros et plusieurs autres femelles dont je ne vérifiai pas les origines, plusieurs Hommes-Loups, un Homme-Ours et Taureau et un Homme-Chien du Saint-Bernard. J'ai déjà décrit l'Homme-Singe, et il y avait aussi une vieille femme particulièrement détestable et puante, faite de femelles d'ours et de renard et que j'eus en horreur dès le début. Elle était, disait-on, une fanatique de la Loi. De plus, il y avait un certain nombre de créatures plus petites.

D'abord, j'éprouvai une répulsion insurmontable pour ces êtres, sentant trop vivement qu'ils étaient encore des brutes, mais insensiblement je m'habituai quelque peu à eux, et, d'ailleurs, je fus influencé par l'attitude de Montgomery à leur égard. Il était depuis si longtemps en leur compagnie qu'il en était venu à les considérer presque comme des êtres humains normaux — le temps de sa jeunesse à Londres lui semblait un passé glorieux qu'il ne retrouverait plus. Une fois par an seulement, il allait à Arica pour trafiquer avec l'agent de Moreau, qui faisait, en cette ville, commerce d'animaux. Ce n'est pas dans ce village maritime de métis espagnols qu'il rencontrait de beaux types d'humanité, et les hommes, à bord du vaisseau, lui semblaient d'abord, me dit-il, tout aussi étranges que les hommes-animaux de l'île l'étaient pour moi — les jambes démesurément longues, la face aplatie, le front proéminent, méfiants, dangereux, insensibles. De fait, il n'aimait pas les hommes, et son cœur s'était ému pour moi, pensait-il, parce qu'il m'avait sauvé la vie.

Je me figurai même qu'il avait une sorte de sournoise bienveillance pour quelques-unes de ces brutes métamorphosées, une sympathie perverse pour certaines de leurs manières de faire, qu'il s'efforça d'abord de me cacher.

M'ling, le bipède à la face noire, son domestique, le premier des monstres que j'avais rencontrés, ne vivait pas avec les autres à l'extrémité de l'île, mais dans une sorte de chenil adossé à l'enclos. Il n'était pas aussi intelligent que l'Homme-Singe, mais beaucoup plus docile, et c'est lui qui, de tous les monstres, avait l'aspect le plus humain. Montgomery lui avait appris à préparer la nourriture et en un mot à s'acquitter de tous les menus soins domestiques qu'on lui demandait. C'était un spécimen complexe de l'horrible habileté de Moreau, un ours mêlé de chien et de bœuf, et l'une des plus laborieusement composées de ses créatures. M'ling traitait Montgomery avec un dévouement et une tendresse étranges ; quelquefois celui-ci le remarquait, le caressait, lui donnant des noms mi-moqueurs et mi-badins, à quoi le pauvre être cabriolait avec une extraordinaire satisfaction ; d'autres fois, quand Montgomery avait absorbé quelques doses de whisky, il le frappait à coups de pied et de poing, lui jetait des pierres et lui lançait des fusées allumées. Mais bien ou mal traité, M'ling n'aimait rien tant que d'être près de lui.

Je m'habituais donc à ces monstres, si bien que mille actions qui m'avaient semblé contre nature et répugnantes devenaient rapidement naturelles et ordinaires. Toute chose dans l'existence emprunte, je suppose, sa couleur à la tonalité moyenne de ce qui nous entoure : Montgomery et Moreau étaient trop individuels et trop particuliers pour que je pusse, d'après eux, garder, bien définies, mes impressions générales d'humanité. Si j'apercevais quelqu'une des créatures bovines — celles de la chaloupe — marchant pesamment à travers les broussailles du sous-bois, il m'arrivait de me demander, d'essayer de voir en quoi elle différait de quelque rustre réellement humain cheminant péniblement vers sa cabane après son labeur mécanique quotidien, ou bien, rencontrant la Femme-Renard et Ours, à la face pointue et mobile, étrangement humaine avec son expression de ruse réfléchie, je m'imaginais l'avoir contre-passée déjà, dans quelque rue mal famée de grande ville.

Cependant, de temps à autre, l'animal m'apparaissait en eux, hors de doute et sans démenti possible. Un homme laid et, selon toute apparence, un sauvage aux épaules contrefaites, accroupi à l'entrée d'une cabane, étirait soudain ses membres et bâillait, montrant, avec une effrayante soudaineté, des incisives aiguisées et des canines acérées, brillantes et affilées comme des rasoirs. Dans quelque étroit sentier, si je regardais, avec une audace passagère, dans les yeux de quelque agile femelle, j'apercevais soudain, avec un spasme de répulsion, leurs pupilles fendues, ou, abaissant le regard, je remarquais la griffe recourbée avec laquelle elle maintenait sur ses reins son lambeau de vêtement. C'est, d'ailleurs, une chose curieuse et dont je ne saurais donner de raison, que ces étranges créatures, ces femelles, eurent, dans les premiers temps de mon séjour, le sens instinctif de leur répugnante apparence et montrèrent, en conséquence, une attention plus qu'humaine pour la décence et le décorum extérieur.

Mais mon inexpérience de l'art d'écrire me trahit et je m'égare hors du sujet de mon récit. Après que j'eus déjeuné avec Montgomery, nous partîmes tous deux pour voir, à l'extrémité de l'île, la fumerolle et la source chaude dans les eaux brûlantes de laquelle j'avais pataugé le jour précédent. Nous avions chacun un fouet et un revolver chargé. En traversant un fourré touffu, nous entendîmes crier un lapin ; nous nous arrêtâmes, aux écoutes, mais n'entendant plus rien nous nous remîmes en route et nous eûmes bientôt oublié cet incident. Montgomery me fit remarquer certains petits animaux rosâtres qui avaient des pattes de derrière fort longues et couraient par bonds dans les broussailles ; il m'apprit que c'étaient des créatures que Moreau avait inventées et fabriquées avec la progéniture des grands bipèdes. Il avait espéré qu'ils pourraient fournir de la viande pour les repas, mais l'habitude qu'ils avaient, comme parfois les lapins, de dévorer leurs petits avait fait échouer ce projet. J'avais déjà rencontré quelques-unes de ces créatures la nuit où je fus poursuivi par l'Homme-Léopard et, la veille, quand je fuyais devant Moreau. Par hasard, l'un de ces animaux, en courant pour nous éviter, sauta dans le trou qu'avaient fait les racines d'un arbre renversé par le vent. Avant qu'il ait pu se dégager nous réussîmes à l'attraper ; il se mit à cracher, à égratigner comme un chat, en secouant vigoureusement son arrière-train, il essaya même de mordre, mais ses dents étaient trop faibles pour faire davantage que pincer légèrement. La bête me parut être une jolie petite créature et Montgomery m'ayant dit qu'elles ne creusaient jamais de terrier et avaient des habitudes de propreté parfaite, je suggérai que cette espèce d'animal pourrait être, avec avantage, substituée au lapin ordinaire dans les parcs.

Nous vîmes aussi, sur notre route, un tronc rayé de longues égratignures et, par endroits, profondément entamé. Montgomery me le fit remarquer.

« Ne pas griffer l'écorce des arbres, c'est la Loi, dit-il. Ils ont vraiment l'air de s'en soucier. »

C'est après cela, je crois, que nous rencontrâmes

le Satyre et l'Homme-Singe. Le Satyre était un souvenir classique de la part de Moreau, avec sa face d'expression ovine, tel le type sémite accentué, sa voix pareille à un bêlement rude et ses extrémités inférieures sataniques. Il mâchait quelque fruit à cosse au moment où il nous croisa. Les deux bipèdes saluèrent Montgomery.

« Salut à l'Autre avec le fouet, firent-ils.

— Il y en a un troisième avec un fouet, dit Montgomery. Ainsi gare à vous.

— Ne l'a-t-on pas fabriqué ? demanda l'Homme-Singe. Il a dit... Il a dit qu'on l'avait fabriqué. »

Le Satyre m'examina curieusement.

« Le troisième avec le fouet, celui qui marche en pleurant dans la mer, a une pâle figure mince.

— Il a un long fouet mince, dit Montgomery.

— Hier, il saignait et il pleurait, dit le Satyre. Vous ne saignez pas et vous ne pleurez pas. Le Maître ne saigne pas et il ne pleure pas.

— La méthode Ollendorff, par cœur, railla Montgomery. Vous saignerez et vous pleurerez si vous n'êtes pas sur vos gardes.

— Il a cinq doigts — il est un cinq-doigts comme moi, dit l'Homme-Singe.

— Allons ! partons, Prendick ! » fit Montgomery en me prenant le bras, et nous nous remîmes en route.

Le Satyre et l'Homme-Singe continuèrent à nous observer et à se communiquer leurs remarques.

« Il ne dit rien, fit le Satyre. Les hommes ont des voix.

— Hier, il m'a demandé des choses à manger ; il ne savait pas », répliqua l'Homme-Singe.

Puis ils parlèrent encore un instant et j'entendis le Satyre qui ricanait bizarrement.

Ce fut en revenant que nous trouvâmes les restes du lapin mort. Le corps rouge de la pauvre bestiole avait été mis en pièces, la plupart des côtes étaient visibles et la colonne vertébrale évidemment rongée.

A cette vue, Montgomery s'arrêta.

« Bon Dieu ! » fit-il.

Il se baissa pour ramasser quelques vertèbres brisées et les examiner de plus près.

« Bon Dieu ! répéta-t-il, qu'est-ce que cela veut dire ?

— Quelqu'un de vos carnivores s'est souvenu de ses habitudes anciennes, répondis-je, après un moment de réflexion. Ces vertèbres ont été mordues de part en part. »

Il restait là, les yeux fixes, la face pâle et les lèvres tordues.

« Ça ne présage rien de bon, fit-il lentement.

— J'ai vu quelque chose de ce genre, dis-je, le jour même de mon arrivée.

— Le diable s'en mêle, alors ? Qu'est-ce que c'était ?

— Un lapin avec la tête arrachée.

— Le jour de votre arrivée ?

— Le soir même, dans le sous-bois, derrière

l'enclos, quand je suis sorti, avant la tombée de la nuit. La tête était complètement tordue et arrachée. »

Il fit entendre, entre ses dents, un long sifflement.

« Et qui plus est, j'ai l'idée que je connais celle de vos brutes qui a fait le coup. Ce n'est qu'un soupçon pourtant. Avant de trouver le lapin, j'avais vu l'un de vos monstres qui buvait dans le ruisseau.

— En lapant avec sa langue ?
— Oui.
— Ne pas laper pour boire, c'est la Loi. Ils s'en moquent pas mal de la Loi, hein, quand Moreau n'est pas derrière leur dos ?
— C'était la brute qui m'a poursuivi.
— Naturellement, affirma Montgomery. C'est tout juste ce que font les carnivores. Après avoir tué, ils boivent. C'est le goût du sang, vous le savez.

« Comment était-elle, cette brute ? demanda-t-il encore. Pourriez-vous la reconnaître ? »

Il jeta un regard autour de nous, les jambes écartées au-dessus des restes du lapin mort, ses yeux errant parmi les ombres et les écrans de verdure, épiant les pièges et les embûches de la forêt qui nous entourait.

« Le goût du sang », répéta-t-il.

Il prit son revolver, en examina les cartouches et le replaça. Puis il se mit à tirer sur sa lèvre pendante.

« Je crois que je reconnaîtrais parfaitement le monstre.

— Mais alors il nous faudrait *prouver* que c'est lui qui a tué le lapin, dit Montgomery. Je voudrais bien n'avoir jamais amené ici ces pauvres bêtes. »

Je voulais me remettre en chemin, mais il restait là, méditant sur ce lapin mutilé comme sur une profonde énigme. Bientôt, avançant peu à peu, je ne pus plus voir les restes du lapin.

« Allons, venez-vous ? » criai-je.

Il tressaillit et vint me rejoindre.

« Vous voyez, prononça-t-il presque à voix basse, nous leur avons inculqué à tous de ne manger rien de ce qui se meut sur le sol. Si, par accident, quelque brute a goûté du sang... »

Nous avançâmes un moment en silence.

« Je me demande ce qui a bien pu arriver, se dit-il. J'ai fait une rude bêtise l'autre jour, continua-t-il après une pause. Cette espèce de brute qui me sert... Je lui ai montré à dépouiller et à cuire un lapin. C'est bizarre... Je l'ai vu qui se léchait les mains... Cela ne m'était pas venu à l'idée... Il nous faut y mettre un terme. Je vais en parler à Moreau. »

Il ne put penser à rien d'autre pendant le retour.

Moreau prit la chose plus sérieusement encore que Montgomery, et je n'ai pas besoin de dire que leur évidente consternation me gagna aussitôt.

« Il faut faire un exemple, dit Moreau. Je n'ai pas le moindre doute que l'Homme-Léopard ne soit le coupable. Mais comment le prouver ? Je voudrais bien, Montgomery, que vous ayez résisté à votre goût pour la viande et que vous n'ayez pas amené ces nouveautés excitantes. Avec cela, nous pouvons nous trouver maintenant dans une fâcheuse impasse.

— J'ai agi comme un imbécile, dit Montgomery, mais le mal est fait. Et puis, vous n'y aviez pas fait d'objection.

— Il faut nous occuper de la chose sans tarder, dit Moreau. Je suppose, si quelque événement survenait, que M'ling pourrait s'en tirer de lui-même ?

— Je ne suis pas si sûr que cela de M'ling, avoua Montgomery ; j'ai peur d'apprendre à le mieux connaître. »

CHAPITRE X

LA CHASSE À L'HOMME-LÉOPARD

Dans l'après-midi, Moreau, Montgomery et moi, suivis de M'ling, nous nous dirigeâmes, à travers l'île, vers les huttes du ravin. Nous avions tous trois des armes. M'ling portait un rouleau de fil de fer et une petite hachette qui lui servait à fendre le bois, et Moreau avait, pendue en bandoulière, une grande corne de berger.

« Vous allez voir une assemblée de toute la bande, dit Montgomery. C'est un joli spectacle. »

Moreau ne prononça pas une parole pendant toute la route, mais une ferme résolution semblait figer les traits lourds de sa figure encadrée de blanc.

Nous traversâmes le ravin, au fond duquel bouillonnait le courant d'eau chaude, et nous suivîmes le sentier tortueux à travers les roseaux jusqu'à ce que nous eussions atteint une large étendue couverte d'une épaisse substance jaune et poudreuse, qui était, je crois, du soufre. Par-delà un épaulement des falaises, la mer scintillait. Nous arrivâmes à une sorte d'amphithéâtre naturel, peu profond, où tous quatre nous fîmes halte. Alors Moreau souffla dans son cor, dont la voix retentissante rompit le calme assoupissement de l'après-midi tropical. Il devait avoir les poumons solides. Le son large se répercuta d'écho en écho jusqu'à une intensité assourdissante.

« Ah ! ah ! » fit Moreau, en laissant l'instrument retomber à son côté.

Immédiatement, il y eut parmi les roseaux jaunes des craquements et des bruits de voix, venant de l'épaisse jungle verte qui garnissait le marécage à travers lequel je m'étais aventuré le jour précédent. Alors, en trois ou quatre endroits, au bord de l'étendue sulfureuse, parurent les formes grotesques des bêtes humaines, se hâtant dans notre direction. Je ne pouvais m'empêcher de ressentir une horreur croissante à mesure que j'apercevais, l'un après l'autre, ces monstres surgir des arbres et des roseaux et trotter en traînant les pattes sur la poussière surchauffée. Mais Moreau et Montgomery, calmes, restaient là, et, par force, je demeurai auprès d'eux. Le premier qui arriva fut le Satyre, étrangement irréel, bien qu'il projetât une ombre et secouât la poussière avec ses pieds fourchus ; après lui, des broussailles, vint un monstrueux butor, tenant du cheval et du rhinocéros et mâchonnant une paille en s'avançant ; puis apparurent la Femme-Porc et les deux Femmes-Loups ; ensuite la sorcière Ours-Renard avec ses yeux rouges dans sa face pointue et rousse, et d'autres encore — tous s'empressant et se hâtant. A mesure qu'ils approchaient, ils se mettaient à faire des courbettes devant Moreau et à chanter, sans se soucier les uns des autres, des fragments de la seconde moitié des litanies de la Loi.

« A lui la main qui blesse ; à lui la main qui blesse ; à lui la main qui guérit », et ainsi de suite.

Arrivés à une distance d'environ trente mètres, ils s'arrêtaient et, se prosternant sur les genoux et les coudes, se jetaient de la poussière sur la tête. Imaginez-vous la scène, si vous le pouvez : nous autres trois, vêtus de bleu, avec notre domestique difforme et noir, debout dans un large espace de poussière jaune, étincelant sous le soleil ardent, et entourés par ce cercle rampant et gesticulant de monstruosités, quelques-unes presque humaines dans leur expression et leurs gestes souples, d'autres semblables à des estropiés, ou si étrangement défigurés qu'on eût dit les êtres qui hantent nos rêves les plus sinistres. Au-delà, se trouvaient d'un côté les lignes onduleuses des roseaux, de l'autre, un dense enchevêtrement de palmiers nous séparant du ravin des huttes et, vers le nord, l'horizon brumeux du Pacifique.

« Soixante-deux, soixante-trois, compta Moreau, il en manque quatre.

— Je ne vois pas l'Homme-Léopard », dis-je.

Tout à coup Moreau souffla une seconde fois dans son cor, et à ce son toutes les bêtes humaines se roulèrent et se vautrèrent dans la poussière. Alors se glissant furtivement hors des roseaux, rampant presque et essayant de rejoindre le cercle des autres derrière le dos de Moreau, parut l'Homme-Léopard. Le dernier qui vint fut le petit Homme-Singe. Les autres, échauffés et fatigués par leurs gesticulations, lui lancèrent de mauvais regards.

« Assez ! » cria Moreau, de sa voix sonore et ferme.

Toutes les bêtes s'assirent sur leurs talons et cessèrent leur adoration.

« Où est celui qui enseigne la Loi ? » demanda Moreau.

Le monstre au poil gris s'inclina jusque dans la poussière.

« Dis les paroles », ordonna Moreau.

Aussitôt l'assemblée agenouillée, tous balançant régulièrement leurs torses et lançant la poussière sulfureuse en l'air de la main gauche et de la main droite alternativement, entonnèrent une fois de plus leur étrange litanie.

Quand ils arrivèrent à la phrase : ne pas manger de chair ni de poisson, c'est la Loi, Moreau étendit sa longue main blanche :

« Stop », cria-t-il.

Et un silence absolu tomba.

Je crois que tous savaient et redoutaient ce qui allait venir. Mon regard parcourut le cercle de leurs étranges faces.

Quand je vis leurs attitudes frémissantes et la

terreur furtive de leurs yeux brillants, je m'étonnai d'avoir pu les prendre un instant pour des hommes.

« Cette Loi a été transgressée, dit Moreau.

— Nul n'échappe ! s'exclama le monstre sans figure au poil argenté.

— Nul n'échappe ! répéta le cercle des bêtes agenouillées.

— Qui l'a transgressée ? » cria Moreau, et son regard acéré parcourut leurs figures, tandis qu'il faisait claquer son fouet.

L'Hyène-Porc, me sembla-t-il, parut fort craintive et abattue, et j'eus la même impression pour l'Homme-Léopard. Moreau se tourna vers ce dernier qui se coucha félinement devant lui, avec le souvenir et la peur d'infinis tourments.

« Qui est celui-là ? cria Moreau d'une voix de tonnerre.

— Malheur à celui qui transgresse la Loi », commença celui qui enseignait la Loi.

Moreau planta son regard dans les yeux de l'Homme-Léopard, qui se tordit comme si on lui extirpait l'âme.

« Celui qui transgresse la Loi... », dit Moreau, en détournant ses yeux de sa victime et revenant vers nous. Je crus entendre dans le ton de ces dernières paroles une sorte d'exaltation.

« ... retourne à la maison de douleur ! s'exclamèrent-ils tous... retourne à la maison de douleur, ô Maître !

— ... A la maison de douleur... à la maison de

douleur…, jacassa l'Homme-Singe comme si cette perspective lui eût été douce.

— Entends-tu ? cria Moreau en se tournant vers le coupable. Entends… Eh bien ? »

L'Homme-Léopard, délivré du regard de Moreau, s'était dressé debout et, tout à coup, les yeux enflammés et ses énormes crocs de félin brillant sous ses lèvres retroussées, il bondit sur son bourreau. Je suis convaincu que seul l'affolement d'une excessive terreur put l'inciter à cette attaque. Le cercle entier de cette soixantaine de monstres sembla se dresser autour de nous. Je tirai mon revolver. L'homme et la bête se heurtèrent ; je vis Moreau chanceler sous le choc ; nous étions entourés d'aboiements et de rugissements furieux ; tout était confusion et, un instant, je pensai que c'était une révolte générale.

La face furieuse de l'Homme-Léopard passa tout près de moi, avec M'ling le suivant de près. Je vis les yeux jaunes de l'Hyène-Porc étinceler d'excitation et je crus la bête décidée à m'attaquer. Le Satyre, lui aussi, m'observait par-dessus les épaules voûtées de l'Hyène-Porc. J'entendis le déclic du revolver de Moreau et je vis l'éclair de la flamme darder dans le tumulte. La cohue tout entière sembla se retourner vers la direction qu'indiquait la lueur du coup de feu, et moi-même, je fus entraîné par le magnétisme de ce mouvement. L'instant d'après je courais, au milieu d'une foule hurlante et tumultueuse, à la poursuite de l'Homme-Léopard.

C'est là tout ce que je puis dire nettement. Je vis l'Homme-Léopard frapper Moreau, puis tout tourbillonna autour de moi et je me retrouvai courant à toutes jambes.

M'ling était en tête, sur les talons du fugitif. Derrière, la langue pendante déjà, couraient à grandes enjambées bondissantes les Femmes-Loups. Les Hommes et les Femmes-Porcs suivaient, criant et surexcités, avec les deux Hommes-Taureaux, les reins ceints d'étoffe blanche. Puis venait Moreau dans un groupe de bipèdes divers. Il avait perdu son chapeau de paille à larges bords et il courait le revolver au poing et ses longs cheveux blancs flottant au vent. L'Hyène-Porc bondissait à mes côtés, allant de la même allure que moi et me lançant, de ses yeux félins, des regards furtifs, et les autres suivaient derrière nous, trépignant et hurlant.

L'Homme-Léopard se frayait un chemin à travers les grands roseaux qui se refermaient derrière lui en cinglant la figure de M'ling. Nous autres, à l'arrière, nous trouvions, en atteignant le marais, un sentier foulé. La chasse se continua ainsi pendant peut-être un quart de mille, puis s'enfonça dans un épais fourré qui retarda grandement nos mouvements, bien que nous avancions en troupe — les ramilles nous fouettaient le visage, des lianes nous attrapaient sous le menton et s'emmêlaient dans nos chevilles, des plantes épineuses enfonçaient leurs piquants dans nos vêtements et dans nos chairs et les déchiraient.

« Il a fait tout ce chemin à quatre pattes, dit Moreau, qui était maintenant juste devant moi.

— Nul n'échappe ! » me cria le Loup-Ours surexcité par la poursuite.

Nous débouchâmes de nouveau parmi les roches, et nous aperçûmes la bête courant légèrement à quatre pattes et grognant après nous par-dessus son épaule. A sa vue toute la tribu des Loups hurla de plaisir. La bête était encore vêtue et, dans la distance, sa figure paraissait encore humaine, mais la démarche de ses quatre membres était toute féline et le souple affaissement de ses épaules était distinctement celui d'une bête traquée. Elle bondit par-dessus un groupe de buissons épineux à fleurs jaunes et disparut. M'ling était à mi-chemin entre la proie et nous.

La plupart des poursuivants avaient maintenant perdu la rapidité première de la chasse et avaient fini par prendre une allure plus régulière et plus allongée. En traversant un espace découvert, je vis que la poursuite s'échelonnait maintenant en une longue ligne. L'Hyène-Porc courait toujours à mes côtés, m'épiant sans cesse et faisant de temps à autre grimacer son museau en un ricanement menaçant.

A l'extrémité des rochers, l'Homme-Léopard se rendit compte qu'il allait droit vers le promontoire sur lequel il m'avait pourchassé le soir de mon arrivée, et il fit un détour, dans les broussailles, pour revenir sur ses pas. Mais Montgomery avait vu la manœuvre et l'obligea à tourner de nouveau.

Ainsi, pantelant, trébuchant dans les rochers, déchiré par les ronces, culbutant dans les fougères et les roseaux, j'aidais à poursuivre l'Homme-Léopard, qui avait transgressé la Loi, et l'Hyène-Porc, avec son ricanement sauvage, courait à mes côtés. Je continuais, chancelant, la tête vacillante, le cœur battant à grands coups contre mes côtes, épuisé presque, et n'osant cependant pas perdre de vue la chasse, de peur de rester seul avec cet horrible compagnon. Je courais quand même, en dépit de mon extrême fatigue et de la chaleur dense de l'après-midi tropical.

Enfin, l'ardeur de la chasse se ralentit, nous avions cerné la misérable brute dans un coin de l'île. Moreau, le fouet à la main, nous disposa tous en une ligne irrégulière, et nous avancions, avec précaution maintenant, nous avertissant par des appels et resserrant le cercle autour de notre victime qui se cachait, silencieuse et invisible, dans les buissons à travers lesquels je m'étais précipité pendant une autre poursuite.

« Attention ! Ferme ! » criait Moreau, tandis que les extrémités de la ligne contournaient le massif de buissons pour cerner la bête.

« Gare la charge ! » cria la voix de Montgomery derrière un fourré.

J'étais sur la pente au-dessus des taillis. Montgomery et Moreau battaient le rivage au-dessous. Lentement, nous poussions à travers l'enchevêtrement de branches et de feuilles. La bête ne bougeait pas.

« A la maison de douleur, à la maison de douleur », glapissait la voix de l'Homme-Singe, à une vingtaine de mètres sur la droite.

En entendant ces mots, je pardonnai à la misérable créature toute la peur qu'elle m'avait occasionnée.

A ma droite, j'entendis les pas pesants du Cheval-Rhinocéros qui écartait bruyamment les brindilles et les rameaux. Puis soudain, dans une sorte de bosquet vert et dans la demi-ténèbre de ces végétations luxuriantes, j'aperçus la proie que nous pourchassions. Je fis halte. La bête était blottie ramassée sur elle-même sous le plus petit volume possible, ses yeux verts lumineux tournés vers moi par-dessus son épaule.

Je ne puis expliquer ce fait — qui pourra sembler de ma part une étrange contradiction — mais voyant là cet être, dans une attitude parfaitement animale, avec la lumière reflétée dans ses yeux et sa face imparfaitement humaine grimaçant de terreur, une fois encore j'eus la perception de sa réelle humanité. Dans un instant, quelque autre des poursuivants surviendrait et le pauvre être serait accablé et capturé pour expérimenter de nouveau les horribles tortures de l'enclos. Brusquement, je sortis mon revolver et visant entre ses yeux affolés de terreur, je tirai.

A ce moment, l'Hyène-Porc se jeta, avec un cri, sur le corps et planta dans le cou ses dents acérées. Tout autour de moi les masses vertes du fourré craquaient et s'écartaient pour livrer passage à ces bêtes humanisées, qui apparaissaient une à une.

« Ne le tuez pas, Prendick, cria Moreau, ne le tuez pas ! »

Je le vis s'incliner en se frayant un chemin parmi les tiges des grandes fougères.

L'instant d'après, il avait chassé, avec le manche de son fouet, l'Hyène-Porc, et Montgomery et lui maintenaient en respect les autres bipèdes carnivores, et en particulier M'ling, anxieux de prendre part à la curée. Sous mon bras, le monstre au poil argenté passa la tête et renifla. Les autres, dans leur ardeur bestiale, me poussaient pour mieux voir.

« Le diable soit de vous, Prendick ! s'exclama Moreau. Je le voulais vivant.

— J'en suis fâché, répliquai-je bien qu'au contraire je fusse fort satisfait, je n'ai pu résister à une impulsion irréfléchie. »

Je me sentais malade d'épuisement et de surexcitation. Tournant les talons, je laissai là toute la troupe et remontai seul la pente qui menait vers la partie supérieure du promontoire. Moreau cria des ordres, et j'entendis les trois Hommes-Taureaux traîner la victime vers la mer.

Il m'était aisé maintenant d'être seul. Ces bêtes manifestaient une curiosité tout humaine à l'endroit du cadavre et le suivaient en groupe compact, reniflant et grognant, tandis que les

Hommes-Taureaux le traînaient au long du rivage. Du promontoire, j'apercevais, noirs contre le ciel crépusculaire, les trois porteurs qui avaient maintenant soulevé le corps sur leurs épaules pour le porter dans la mer. Alors comme une vague soudaine, il me vint à l'esprit, inexprimablement, l'infructueuse inutilité et l'évidente aberration de toutes ces choses de l'île. Sur le rivage, parmi les rocs au-dessous de moi, l'Homme-Singe, l'Hyène-Porc et plusieurs autres bipèdes se tenaient aux côtés de Montgomery et de Moreau. Tous étaient encore violemment surexcités et se répandaient en protestations de fidélité à la Loi. Cependant, j'avais l'absolue certitude, en mon esprit, que l'Hyène-Porc était impliquée dans le meurtre du lapin. J'eus l'étrange persuasion que, à part la grossièreté de leurs contours, le grotesque de leurs formes, j'avais ici, sous les yeux, en miniature, tout le commerce de la vie humaine, tous les rapports de l'instinct, de la raison, du destin, sous leur forme la plus simple. L'Homme-Léopard avait eu le dessous, c'était là toute la différence.

Pauvres brutes ! je commençais à voir le revers de la médaille . Je n'avais pas encore pensé aux peines et aux tourments qui assaillaient ces malheureuses victimes quand elles sortaient des mains de Moreau. J'avais frissonné seulement à l'idée des tourments qu'elles enduraient dans l'enclos. Mais cela paraissait être maintenant la moindre part. Auparavant, elles étaient des bêtes, aux instincts adaptés normalement aux conditions extérieures, heureuses comme des êtres vivants peuvent l'être. Maintenant elles trébuchaient dans les entraves de l'humanité, vivaient dans une crainte perpétuelle, gênées par une loi qu'elles ne comprenaient pas ; leur simulacre d'existence humaine, commencée dans une agonie, était une longue lutte intérieure, une longue terreur de Moreau — et pourquoi ? C'était ce capricieux non-sens qui m'irritait.

Si Moreau avait eu quelque but intelligible, j'aurais du moins pu sympathiser quelque peu avec lui. Je ne suis pas tellement vétilleux sur la souffrance. J'aurais pu même lui pardonner si son motif avait été la haine. Mais il n'avait aucune excuse et ne s'en souciait pas. Sa curiosité, ses investigations folles et sans but l'entraînaient et il jetait là de pauvres êtres pour vivre ainsi un an ou deux, pour lutter, pour succomber, et pour mourir enfin douloureusement. Ils étaient misérables en eux-mêmes, la vieille haine animale les excitait à se tourmenter les uns les autres, la Loi les empêchait de se laisser aller à un violent et court conflit qui eût été la fin décisive de leurs animosités naturelles.

Pendant les jours qui suivirent, ma crainte des bêtes animalisées eut le sort qu'avait eu ma terreur personnelle de Moreau. Je tombai dans un état morbide profond et durable, tout l'opposé de la crainte, état qui a laissé sur mon esprit des marques indélébiles. J'avoue que je perdis toute la foi que j'avais dans l'intelligence et la raison du monde en voyant le pénible désordre qui régnait dans cette île. Un destin aveugle, un vaste mécanisme impitoyable semblait tailler et façonner les existences, et Moreau, avec sa passion pour les recherches, Montgomery, avec sa passion pour la boisson, moi-même, les bêtes humanisées avec leurs instincts et leurs contraintes mentales, étions déchirés et écrasés, cruellement et inévitablement, dans l'infinie complexité de ses rouages sans cesse actifs. Mais cet aspect ne m'apparut pas du premier coup... Je crois même que j'anticipe un peu en en parlant maintenant.

CHAPITRE XI

UNE CATASTROPHE

Six semaines environ se passèrent, au bout desquelles je n'éprouvais, à l'égard de ces résultats des infâmes expériences de Moreau, d'autre sentiment que de l'aversion et du dégoût. Ma seule préoccupation était de fuir ces horribles caricatures de l'image du Créateur, pour revenir à l'agréable et salutaire commerce des hommes. Mes semblables, dont je me trouvais ainsi séparé, commencèrent à revêtir dans mes souvenirs une vertu et une beauté idylliques. Ma première amitié avec Montgomery ne progressa guère : sa longue séparation du reste de l'humanité, son vice secret d'ivrognerie, sa sympathie évidente pour les bêtes humaines me le rendaient suspect. Plusieurs fois, je le laissai aller seul dans l'intérieur de l'île, car j'évitais de toute façon d'avoir le moindre rapport avec les monstres. Peu à peu j'en vins à passer la plus grande partie de mon temps sur le rivage, cherchant des yeux quelque voile libératrice qui n'apparaissait jamais, et, un jour, s'abattit sur nous un épouvantable désastre qui revêtit d'une apparence entièrement différente l'étrange milieu où je me trouvais.

Ce fut environ sept ou huit semaines après mon arrivée — peut-être plus, car je n'avais pas pris la peine de compter le temps — que se produisit la catastrophe. Elle eut lieu de grand matin — vers six heures, je suppose. Je m'étais levé et j'avais déjeuné tôt, ayant été réveillé par le bruit que faisaient trois bipèdes rentrant des provisions de bois dans l'enclos.

Quand j'eus déjeuné, je m'avançai jusqu'à la barrière ouverte contre laquelle je m'appuyai, fumant une cigarette et jouissant de la fraîcheur du petit matin. Bientôt Moreau parut au tournant de la clôture et nous échangeâmes le bonjour. Il passa sans s'arrêter et je l'entendis, derrière moi, ouvrir puis refermer la porte de son laboratoire. J'étais alors si endurci par les abominations qui m'entouraient que j'entendis, sans la moindre émotion, sa victime, le puma femelle, au début de cette nouvelle journée de torture, accueillir son persécuteur avec un grognement presque tout à fait semblable à celui d'une virago en colère.

Alors quelque chose arriva. J'entendis derrière moi un cri aigu, une chute, et, me tournant, je vis arriver, droit sur moi, une face effrayante, ni humaine ni animale, mais infernale, sombre, couturée de cicatrices entrecroisées, d'où suintaient encore des gouttes rouges, avec des yeux sans paupières et en flammes. Je levai le bras pour parer le coup qui m'envoya rouler de tout mon long avec un avant-bras cassé, et le monstre, enveloppé de lin et de bandages tachés de sang qui flottaient autour de lui, bondit par-dessus moi et s'enfuit. Roulant plusieurs fois sur moi-même, je dégringolai au bas de la grève, essayai de me relever et m'affaissai sur mon bras blessé. Alors Moreau parut, sa figure blême et massive d'apparence plus terrible encore avec le sang qui ruisselait de son front. Le revolver à la main, sans faire attention à moi, il s'élança immédiatement à la poursuite du puma.

Avec mon autre bras, je parvins à me relever. La bête emmaillotée courait à grands bonds dégingandés au long du rivage, et Moreau la suivait. Elle tourna la tête et l'aperçut ; alors, et avec un brusque détour, elle s'avança vers le taillis. A chaque bond, elle augmentait son avance et je la vis s'enfoncer dans le sous-bois ; Moreau, courant de biais pour lui couper la retraite, tira et la manqua au moment où elle disparut. Puis, lui aussi s'évanouit dans l'amas confus des verdures.

Je restai un instant immobile, les yeux fixes ; enfin la douleur de mon bras cassé se fit vivement sentir, et avec un gémissement, je me mis sur pied.

A ce moment, Montgomery parut sur le seuil, le revolver à la main.

« Grand Dieu ! Prendick ! s'écria-t-il, sans apercevoir que j'étais blessé. La brute est lâchée ! Elle a arraché la chaîne qui était scellée dans le mur. Les avez-vous vus ?... Qu'est-ce qu'il y a ?

ajouta-t-il brusquement, en remarquant que je soutenais mon bras.

— J'étais là, sur la porte... », commençai-je.

Il s'avança et me prit le bras.

« Du sang sur la manche », dit-il en relevant la flanelle.

Il mit son arme dans sa poche, tâta et examina mon bras fort endolori et me ramena dans la chambre.

« C'est une fracture », déclara-t-il ; puis il ajouta : « Dites-moi exactement ce qui s'est produit... »

Je lui racontai ce que j'avais vu, en phrases entrecoupées par des spasmes de douleur, tandis que, très adroitement et rapidement, il me bandait le bras. Quand il eut fini, il me le mit en écharpe, se recula et me considéra.

« Ça va, hein ? demanda-t-il. Et maintenant... »

Il réfléchit un instant, puis il sortit et ferma la barrière de l'enclos. Il resta quelque temps absent.

Je n'avais guère, en ce moment, d'autre inquiétude que ma blessure et le reste ne me semblait qu'un incident parmi toutes ces horribles choses. Je m'allongeai dans le fauteuil pliant, et, je dois l'avouer, je me mis à jurer et à maudire cette île. La souffrance sourde, qu'avait d'abord causée la fracture, s'était transformée en une douleur lancinante. Lorsque Montgomery revint, sa figure était toute pâle et il montrait, plus que de coutume, ses gencives inférieures.

« Je ne vois ni n'entends rien de lui, dit-il. Il

m'est venu à l'idée qu'il pouvait peut-être avoir besoin de mon aide... C'était une brute vigoureuse... Elle a arraché sa chaîne, d'un seul coup... »

Il me regardait, en parlant, avec ses yeux sans expression : il alla à la fenêtre, puis à la porte, et là, il se retourna.

« Je vais aller à sa recherche, conclut-il ; il y a un autre revolver que je vais vous laisser. A vous parler franchement, je me sens quelque peu inquiet. »

Il prit l'arme et la posa à portée de ma main sur la table, puis il sortit, laissant dans l'air une inquiétude contagieuse. Je ne pus rester longtemps assis après qu'il fut parti, et, le revolver à la main, j'allai jusqu'à la porte.

La matinée était aussi calme que la mort. Il n'y avait pas le moindre murmure de vent, la mer luisait comme une glace polie, le ciel était vide et le rivage semblait désolé. Dans mon état de surexcitation et de fièvre, cette tranquillité des choses m'oppressa.

J'essayai de siffler et de chantonner, mais les airs mouraient sur mes lèvres. Je me repris à jurer — la seconde fois ce matin-là. Puis, j'allai jusqu'au coin de l'enclos et demeurai un instant à considérer le taillis vert qui avait englouti Moreau et Montgomery. Quand reviendraient-ils ? Et comment ?

Alors, au loin sur le rivage, un petit bipède gris apparut, descendit en courant jusqu'au flot et se mit à barboter ; je revins à la porte, puis retournai au coin de la clôture et commençai ainsi à aller et venir comme une sentinelle. Une fois, je m'arrêtai, entendant la voix lointaine de Montgomery qui criait : « Oh-hé ! Mo-reau ! » Mon bras me faisait moins mal, mais il était encore fort douloureux. Je devins fébrile, et la soif commença à me tourmenter. Mon ombre raccourcissait : j'épiai au loin le bipède jusqu'à ce qu'il eût disparu. Moreau et Montgomery n'allaient-ils plus revenir ? Trois oiseaux de mer commencèrent à se disputer quelque proie échouée.

Alors j'entendis, dans le lointain, derrière l'enclos, la détonation d'un coup de revolver ; puis, après un long silence, une seconde ; puis, plus proche encore, un hurlement suivi d'un autre lugubre intervalle de silence. Mon imagination se mit à l'œuvre pour me tourmenter. Puis, tout à coup, une détonation très proche.

Surpris, j'allai jusqu'au coin de l'enclos, et aperçus Montgomery, la figure rouge, les cheveux en désordre et une jambe de son pantalon déchirée au genou. Son visage exprimait une profonde consternation. Derrière lui, marchait gauchement le bipède M'ling, aux mâchoires duquel se voyaient quelques taches brunes de sinistre augure.

« Il est revenu ? demanda-t-il.
— Moreau ? non.
— Mon Dieu ! »

Le malheureux était haletant, prêt à défaillir à chaque respiration.

« Rentrons ! fit-il en me prenant par le bras. Ils sont fous. Ils courent partout, affolés. Qu'a-t-il pu se passer ? Je ne sais pas. Je vais vous conter cela... dès que j'aurai repris haleine... Où est le cognac ? »

Il entra en boitant dans la chambre et s'assit dans le fauteuil. M'ling s'allongea au-dehors sur le seuil de la porte et commença à haleter, comme un chien. Je donnai à Montgomery un verre de cognac étendu d'eau. Il restait assis, regardant de ses yeux mornes droit devant lui et reprenant haleine. Au bout d'un instant, il commença à me raconter ce qui lui était arrivé.

Il avait suivi, pendant une certaine distance, la piste de Moreau et de la bête. Leur trace était d'abord assez nette, à cause des branchages cassés ou écrasés, des lambeaux de bandages arrachés et d'accidentelles traînées de sang sur les feuilles des buissons et des ronces. Pourtant, toutes foulées cessaient sur le sol pierreux qui s'étendait de l'autre côté du ruisseau où j'avais vu un bipède boire, et il avait erré au hasard, vers l'ouest, appelant Moreau. Alors M'ling l'avait rejoint, armé de sa hachette ; M'ling n'avait rien vu de l'affaire du puma, étant au-dehors à abattre du bois, et il avait seulement entendu les appels. Ils avaient marché et appelé ensemble. Deux bipèdes s'étaient avancés en rampant et les avaient épiés à travers les taillis, avec une allure et des gestes furtifs dont la bizarrerie avait alarmé Montgomery. Il les interpella, mais ils s'enfuirent comme s'ils avaient été pris en faute. Il cessa ses appels et, après avoir erré quelque temps d'une manière indécise, il s'était déterminé à visiter les huttes.

Il trouva le ravin désert.

De plus en plus alarmé, il revint sur ses pas. Ce fut alors qu'il rencontra les deux Hommes-Porcs que j'avais vus gambader le soir de mon arrivée ; ils avaient du sang autour de la bouche et paraissaient vivement surexcités. Ils avançaient avec fracas à travers les fougères et s'arrêtèrent avec une expression féroce quand ils le virent. Quelque peu effrayé, il fit claquer son fouet, et, immédiatement, ils se précipitèrent sur lui. Jamais encore une de ces bêtes humanisées n'avait eu cette audace. Il fit sauter la cervelle du premier, et M'ling se jeta sur l'autre ; les deux êtres roulèrent à terre, mais M'ling eut le dessus et enfonça ses dents dans la gorge de l'autre ; Montgomery l'acheva d'un coup de revolver, et il eut quelque difficulté à ramener M'ling avec lui.

De là, ils étaient revenus en hâte vers l'enclos. En route, M'ling s'était tout à coup précipité dans un fourré, d'où il ramena une de ces espèces d'ocelot, tout taché de sang lui aussi et boitant à cause d'une blessure au pied. La bête s'enfuit un instant, puis se retourna sauvagement pour tenir tête, et Montgomery — assez inutilement à mon avis — lui avait envoyé une balle.

« Qu'est-ce que tout cela veut dire ? » demandai-je.

Il secoua la tête et avala une nouvelle rasade de cognac.

Quand je vis Montgomery ingurgiter cette troisième dose, je pris sur moi d'intervenir. Il était déjà à moitié gris. Je lui fis remarquer que quelque chose de sérieux avait certainement dû arriver à Moreau, sans quoi il eût été de retour, et qu'il nous incombait d'aller nous assurer de son sort. Montgomery souleva quelques vagues objections et finit par y consentir. Nous prîmes quelque nourriture et nous partîmes avec M'ling.

C'est sans doute à cause de la tension de mon esprit, à ce moment que, même encore maintenant, ce départ, dans l'ardente tranquillité de l'après-midi tropical, est demeuré pour moi une impression singulièrement vivace. M'ling marchait en tête, les épaules courbées, son étrange tête noire se mouvant avec de rapides tressaillements, tandis qu'il fouillait du regard chacun des côtés de notre chemin. Il était sans armes, car il avait laissé tomber sa hachette dans sa lutte avec l'Homme-Porc. Quand il se battait, ses dents étaient de véritables armes. Montgomery suivait, l'allure trébuchante, les mains dans ses poches et la tête basse. Il était hébété et de méchante humeur avec moi, à cause du cognac. J'avais le bras gauche en écharpe — heureux pour moi que ce fût le bras gauche —, et dans la main droite je serrais mon revolver.

Nous suivîmes un sentier étroit à travers la sauvage luxuriance de l'île, nous dirigeant vers le nord-ouest. Soudain M'ling s'arrêta, immobile et aux aguets. Montgomery se heurta contre lui, et s'arrêta aussi. Puis, écoutant tous trois attentivement, nous entendîmes, venant à travers les arbres, un bruit de voix et de pas qui s'approchaient.

« Il est mort, disait une voix profonde et vibrante.

— Il n'est pas mort, il n'est pas mort, jacassait une autre.

— Nous avons vu, nous avons vu, répondaient plusieurs voix.

— Hé !... cria soudain Montgomery, hé !... là-bas !

— Que le diable vous emporte ! » fis-je en armant mon revolver.

Il y eut un silence suivi de craquements parmi les végétations entrelacées, puis, ici et là, apparurent une demi-douzaine de figures, d'étranges faces, éclairées d'une étrange lumière. M'ling fit entendre un rauque grognement. Je reconnus l'Homme-Singe — à vrai dire, j'avais déjà identifié sa voix — et deux des créatures brunes emmaillotées de blanc que j'avais vues dans la chaloupe. Il y avait, avec eux, les deux brutes tachetées et cet être gris et horriblement contrefait qui enseignait la Loi, avec de longs poils gris tombant de ses joues, ses sourcils épais et les mèches grises dégringolant en deux flots sur son front fuyant, être pesant et sans visage, avec d'étranges yeux rouges qui, du milieu des verdures, nous épiaient curieusement.

Pendant un instant nul ne parla.

« Qui... a dit... qu'il était mort ? » demanda Montgomery entre deux hoquets.

L'Homme-Singe jeta un regard furtif au monstre gris.

« Il est mort, affirma le monstre : ils ont vu. »

Il n'y avait en tout cas rien de menaçant dans cette troupe. Ils paraissaient intrigués et vaguement terrifiés.

« Où est-il ? demanda Montgomery.

— Là-bas, fit le monstre en étendant le bras.

— Est-ce qu'il y a une Loi maintenant ? demanda le Singe.

— Est-ce qu'il y aura encore ceci et cela ? Est-ce vrai qu'il est mort ? Y a-t-il une Loi ? répéta le bipède vêtu de blanc.

— Y a-t-il une Loi, toi, l'Autre avec le fouet ? Est-il mort ? » questionna le monstre aux poils gris.

Et tous nous examinaient attentivement.

« Prendick, dit Montgomery en tournant vers moi ses yeux mornes, il est mort... c'est évident. »

Je m'étais tenu derrière lui pendant tout le précédent colloque. Je commençai à comprendre ce qu'il en était réellement, et, me plaçant vivement devant lui, je parlai d'une voix assurée :

« Enfants de la Loi, il n'est pas mort. »

M'ling tourna vers moi ses yeux vifs.

« Il a changé de forme, continuai-je — il a changé de corps. Pendant un certain temps, vous ne le verrez plus. Il est là... là — je levai la main vers le ciel — d'où il vous surveille. Vous ne pouvez le voir, mais lui vous voit. Redoutez la Loi. »

Je les fixais délibérément : ils reculèrent.

« Il est grand ! Il est bon ! dit l'Homme-Singe, en levant craintivement les yeux vers les épais feuillages.

— Et l'autre Chose ? demandai-je.

— La Chose qui saignait et qui courait en hurlant et en pleurant — elle est morte aussi, répondit le monstre gris, qui me suivait du regard.

— Ça, c'est parfait, grommela Montgomery.

— L'Autre avec le fouet... commença le monstre gris.

— Eh bien ? fis-je.

— ... a dit qu'il était mort. »

Mais Montgomery n'était pas assez ivre pour ne pas avoir compris quel mobile m'avait fait nier la mort de Moreau.

« Il n'est pas mort, confirma-t-il lentement. Pas mort du tout. Pas plus mort que moi.

— Il y en a, repris-je, qui ont transgressé la Loi. Ils mourront. Certains sont morts déjà. Montrez-nous maintenant où se trouve son corps, le corps qu'il a rejeté parce qu'il n'en avait plus besoin.

— C'est par ici, Homme qui marches dans la mer », dit le monstre.

Alors, guidés par ces six créatures, nous avançâmes à travers le chaos des fougères, des lianes et des troncs, vers le nord-ouest. Tout à coup, il y eut un hurlement, un craquement parmi les branches, et un petit homoncule rose arriva vers nous en poussant des cris. Immédiatement après parut un monstre tout trempé de sang, le poursuivant à toute vitesse et qui fut sur nous avant d'avoir pu se détourner. Le monstre gris bondit de côté ; M'ling sauta sur l'autre en grondant, et fut renversé, Montgomery tira, manqua son coup, baissa la tête, tendit le bras en avant et fit demi-tour pour s'enfuir. Je tirai alors, et le monstre avança encore ; je tirai, de nouveau, à bout portant dans son horrible face. Je vis ses traits s'évanouir dans un éclair, et sa figure fut comme enfoncée. Pourtant, il passa contre moi, saisit Montgomery et, sans le lâcher, tomba de tout son long, l'entraîna dans sa chute, tandis que le secouaient les derniers spasmes de l'agonie.

Je me retrouvai seul avec M'ling, la brute morte et Montgomery par terre. Enfin, ce dernier se releva lentement et considéra, d'un air hébété, la tête fracassée de la bête auprès de lui. Cela le dégrisa à moitié et il se remit d'aplomb sur ses pieds. Alors j'aperçus le monstre gris qui, avec précaution, revenait vers nous.

« Regarde ! et je montrai du doigt la bête massacrée. Il y a encore une Loi, et celui-ci l'avait transgressée. »

Le monstre examinait le cadavre.

« Il envoie le feu qui tue », dit-il de sa voix profonde, répétant quelque fragment du rituel.

Les autres se rapprochèrent et regardèrent.

Enfin, nous nous mîmes en route dans la direction de l'extrémité occidentale de l'île. Nous trouvâmes le corps rongé et mutilé du puma, l'épaule fracassée par une balle, et, à environ vingt mètres de là, nous découvrîmes celui que nous cherchions. Il gisait la face contre terre, dans un espace trépigné, au milieu d'un fourré de roseaux. Il avait une main presque entièrement séparée du poignet et ses cheveux argentés étaient souillés de sang. Sa tête avait été meurtrie par les chaînes du puma, et les roseaux, écrasés sous lui, étaient tout sanglants. Nous ne pûmes retrouver son revolver. Montgomery retourna le corps.

Après de fréquentes haltes et avec l'aide des sept bipèdes qui nous accompagnaient — car il était grand et lourd — nous rapportâmes son cadavre à l'enclos. La nuit tombait. Par deux fois nous entendîmes d'invisibles créatures hurler et gronder, au passage de notre petite troupe, et une fois l'homoncule rose vint nous épier, puis disparut. Mais nous ne fûmes pas attaqués. A l'entrée de l'enclos, la troupe des bipèdes nous laissa — et M'ling s'en alla avec eux. Nous nous enfermâmes soigneusement et nous transportâmes dans la cour, sur un tas de fagots, le cadavre mutilé de Moreau.

Après quoi, pénétrant dans le laboratoire, nous achevâmes tout ce qui s'y trouvait de vivant.

CHAPITRE XII

UN PEU DE BON TEMPS

Quand cette corvée fut achevée, et que nous nous fûmes nettoyés et restaurés. Montgomery et moi nous installâmes dans ma petite chambre pour examiner sérieusement et pour la première fois notre situation. Il était alors près de minuit. Montgomery était presque dégrisé, mais son esprit était encore grandement bouleversé. Il avait singulièrement subi l'influence de l'impérieuse personnalité de Moreau, et je ne crois pas qu'il eût jamais envisagé que celui-ci pût mourir. Ce désastre était le renversement inattendu d'habitudes qui étaient arrivées à faire partie de sa nature, pendant les quelque dix monotones années qu'il avait passées dans l'île. Il débita des choses vagues, répondit de travers à mes questions et s'égara dans des considérations d'ordre général.

« Quelle stupide invention que ce monde ! dit-il. Quel gâchis que tout cela ! Je n'ai jamais vécu. Je me demande quand ça doit commencer. Seize ans tyrannisé, opprimé, embêté par des nourrices et des pions ; cinq ans à Londres, à piocher la médecine — cinq années de nourriture exécrable, de logis sordide, d'habits sordides, de vices sordides ; une bêtise que je commets — je n'ai jamais connu mieux — et expédié dans cette île maudite. Dix ans ici ! Et pour quoi tout cela, Prendick ? Quelle duperie ! »

Il était difficile de tirer quelque chose de pareilles extravagances.

« Ce dont il faut nous occuper maintenant, c'est du moyen de quitter cette île.

— A quoi servirait de s'en aller ? Je suis un proscrit, un réprouvé. Où dois-je rejoindre ? Tout cela, c'est très bien pour *vous*, Prendick ! Pauvre vieux Moreau ! Nous ne pouvons l'abandonner ici, pour que les bêtes épluchent ses os. Et puis... Mais d'ailleurs, qu'adviendra-t-il de celles de ces créatures qui n'ont pas mal tourné ?

— Eh bien, nous verrons cela demain. J'ai pensé que nous pourrions faire un bûcher avec le tas de fagots et ainsi brûler son corps — avec les autres choses... Qu'adviendra-t-il des monstres après cela ?

— Je n'en sais rien. Je suppose que ceux qui ont été faits avec des bêtes féroces finiront tôt ou tard par tourner mal. Nous ne pouvons les massacrer tous, n'est-ce pas ? Je suppose que c'est ce que votre humanité pouvait suggérer ?... Mais ils changeront, ils changeront sûrement. »

Il parla ainsi à tort et à travers jusqu'à ce que je sentisse la patience me manquer.

« Mille diables ! s'écria-t-il à une remarque un peu vive de ma part, ne voyez-vous pas que la passe où nous nous trouvons est pire pour moi que pour vous ? »

Il se leva et alla chercher le cognac.

« Boire ! fit-il en revenant. Vous, discuteur, gobeur d'arguments, espèce de saint athée blanchi à la chaux, buvez un coup aussi.

— Non », dis-je et je m'assis, observant d'un œil sévère, sous la clarté jaune du pétrole, sa figure s'allumer à mesure qu'il buvait et qu'il tombait dans une loquacité dégradante. Je me souviens d'une impression d'ennui infini. Il pataugea dans une larmoyante défense des bêtes humanisées et de M'ling. M'ling, prétendait-il, était le seul être qui lui eût jamais témoigné quelque affection. Soudain, une idée lui vint.

« Et puis après... que le diable m'emporte ! » fit-il.

Il se leva en titubant, et saisit la bouteille de cognac. Par une soudaine intuition, je devinai ce qu'il allait faire.

« Vous n'allez pas donner à boire à cette bête ! m'exclamai-je en me levant pour lui barrer le passage.

— Cette bête !... C'est vous qui êtes une bête. Il peut prendre son petit verre comme un chrétien... Débarrassez le passage, Prendick.

— Pour l'amour de Dieu..., commençai-je.

— Otez-vous de là ! rugit-il en sortant brusquement son revolver.

— C'est bien », concédai-je, et je m'écartai, presque décidé à me jeter sur lui au moment où il mettrait la main sur le loquet ; mais la pensée de mon bras hors d'usage m'en détourna. « Vous êtes tombé au rang des bêtes, et c'est avec les bêtes qu'est votre place. »

Il ouvrit la porte toute grande, et, à demi tourné vers moi, debout entre la lumière jaunâtre de la lampe et la clarté blême de la lune, ses yeux semblables, dans leurs orbites, à des pustules noires sous les épais et rudes sourcils, il débita :

« Vous êtes un stupide faquin, Prendick, un âne bâté, qui se forge des craintes fantastiques. Nous sommes au bord du trou. Il ne me reste plus qu'à me couper la gorge demain, mais, ce soir, je m'en vais d'abord me donner un peu de bon temps. »

Il sortit dans le clair de lune.

« M'ling ! M'ling ! mon vieux camarade ! » appela-t-il.

Dans la clarté blanche, trois créatures imprécises se montrèrent à l'orée des taillis, l'une, enveloppée de toile blanche, les deux autres, des taches sombres, suivant la première. Elles s'arrêtèrent, attentives. J'aperçus alors les épaules voûtées de M'ling s'avançant au long de la clôture.

« Buvez ! cria Montgomery, buvez ! vous autres espèces de brutes ! Buvez et soyez des hommes ! Mille diables, j'ai du génie, moi ! Moreau n'y avait pas pensé ! C'est le dernier coup de pouce. Allons ! buvez, vous dis-je ! »

Brandissant la bouteille, il se mit à courir dans la direction de l'ouest, M'ling le suivant et précédant les trois indécises créatures qui les accompagnaient.

Je m'avançai sur le seuil. Bientôt la troupe, à peine distincte dans la vaporeuse clarté lunaire, s'arrêta. Je vis Montgomery administrer une dose de cognac pur à M'ling, et l'instant d'après, les cinq personnages de cette scène confuse n'étaient plus qu'une tache confuse. Tout à coup, j'entendis la voix de Montgomery qui criait :

« Chantez !... Chantons tous ensemble : conspuez Prendick... C'est parfait. Maintenant, encore : Conspuez Prendick ! conspuez Prendick ! »

Le groupe noir se rompit en cinq ombres séparées et recula lentement dans la distance au long de la bande éclairée du rivage. Chacun de ces malheureux hurlait à son gré, aboyant des insultes à mon intention, et donnant libre cours à toutes les fantaisies que suggérait cette inspiration nouvelle de l'ivresse.

« Par file à droite ! » commanda la voix lointaine de Montgomery, et ils s'enfoncèrent avec leurs cris et leurs hurlements dans les ténèbres des arbres. Lentement, très lentement, ils s'éloignèrent dans le silence.

La paisible splendeur de la nuit m'enveloppa de nouveau. La lune avait maintenant passé le méridien et faisait route vers l'ouest. Elle était à son plein et, très brillante, semblait voguer dans un ciel d'azur vide. L'ombre du mur, large d'un mètre à peine et absolument noire, se projetait à mes pieds. La mer, vers l'est, était d'un gris uniforme, sombre et mystérieuse, et, entre les flots et l'ombre, les sables gris, provenant de cristallisations volcaniques, étincelaient et brillaient comme une plage de diamants. Derrière moi, la lampe à pétrole brûlait, chaude et rougeâtre.

Alors je rentrai et fermai la porte à clef. J'allai dans la cour où le cadavre de Moreau reposait auprès de ses dernières victimes — les chiens, le lama et quelques autres misérables bêtes ; sa face massive, calme même après cette mort terrible, ses yeux durs grands ouverts semblaient contempler dans le ciel la lune morte et blême. Je m'assis sur le rebord du puits et, mes regards fixant ce sinistre amas de lumière argentée et d'ombre lugubre, je cherchai quelque moyen de fuir.

Au jour, je rassemblerais quelques provisions dans la chaloupe, et, après avoir mis le feu au bûcher que j'avais devant moi, je m'aventurerais une fois de plus dans la désolation de l'océan. Je me rendais compte que pour Montgomery il n'y avait rien à faire, car il était, à vrai dire, presque de la même nature que ces bêtes humanisées, et incapable d'aucun commerce humain. Je ne me rappelle pas combien de temps je restai assis là à faire des projets ; peut-être une heure ou deux. Mes réflexions furent interrompues par le retour de Montgomery dans le voisinage. J'entendis de rauques hurlements, un tumulte de cris exultants, qui passa au long du rivage ; des clameurs, des vociférations, des cris perçants qui parurent cesser en approchant des flots. Le vacarme monta et décrut soudain ; j'entendis des coups sourds, un fracas de bois que l'on casse, mais je ne m'en inquiétai pas. Une sorte de chant discordant commença.

Mes pensées revinrent à mes projets de fuite. Je me levai, pris la lampe, et allai dans un hangar examiner quelques petits barils que j'avais déjà remarqués. Mon attention fut attirée par diverses caisses de biscuits et j'en ouvris une. A ce moment, j'aperçus du coin de l'œil un reflet rouge et je me retournai brusquement.

Derrière moi, la cour s'étendait, nettement coupée d'ombre et de clarté avec le tas de bois et de fagots sur lequel gisaient Moreau et ses victimes mutilées. Ils semblaient s'agripper les uns les autres dans une dernière étreinte vengeresse. Les blessures de Moreau étaient béantes et noires comme la nuit, et le sang qui s'en était échappé s'étalait en mare noirâtre sur le sable. Alors je vis, sans en comprendre la cause, le reflet rougeâtre et fantomatique qui dansait, allait et venait sur le mur opposé. Je l'interprétai mal, me figurant que ce n'était autre chose qu'un reflet de ma lampe falote, et je me retournai vers les provisions du hangar. Je continuai à fouiller partout, autant que je pouvais le faire avec un seul bras, mettant de côté, pour l'embarquer le lendemain dans la chaloupe, tout ce qui me semblait convenable et utile. Mes mouvements étaient maladroits et lents, et le temps passait rapidement ; bientôt le petit jour me surprit.

Le chant discordant se tut pour donner place à des clameurs, puis il reprit et éclata soudain en tumulte. J'entendis des cris de : Encore, Encore ! un bruit de querelle et tout à coup un coup terrible. Le ton de ces cris divers changeait si vivement que mon attention fut attirée. Je sortis dans la cour pour écouter. Alors, tranchant net sur la confusion et le tumulte, un coup de revolver fut tiré.

Je me précipitai immédiatement à travers ma chambre jusqu'à la petite porte extérieure. A ce moment, derrière moi, quelques-unes des caisses et des boîtes de provisions glissèrent et dégringolèrent sur le sol les unes sur les autres avec un fracas de verre cassé. Mais sans y faire la moindre attention, j'ouvris vivement la porte et regardai ce qui se passait au-dehors.

Sur la grève, près de l'abri de la chaloupe, un feu de joie brûlait, lançant des étincelles dans la demi-clarté de l'aurore : autour, luttait une masse de figures noires. J'entendis Montgomery m'appeler par mon nom. Le revolver en main, je courus en toute hâte vers les flammes.

Je vis la langue de feu du revolver de Montgomery jaillir une fois tout près du sol. Il était à terre. Je me mis à crier de toutes mes forces et tirai en l'air.

J'entendis un cri : « Le Maître ! » La masse confuse et grouillante se sépara en diverses unités qui se dispersèrent, le feu flamba et s'éteignit. La cohue des bipèdes s'enfuit devant moi, en une panique soudaine. Dans ma surexcitation, je tirai sur eux avant qu'ils ne fussent disparus parmi les taillis. Alors, je revins vers la masse noire qui gisait sur le sol.

Montgomery était étendu sur le dos, et le monstre gris pesait sur lui de tout son poids. La brute était morte, mais tenait encore dans ses griffes recourbées la gorge de Montgomery. Auprès M'ling était couché, la face contre terre, immobile, le cou ouvert et tenant la partie supérieure d'une bouteille de cognac brisée. Deux autres êtres gisaient près du feu, l'un sans mouvement, l'autre gémissant par intervalles, et soulevant la tête, de temps à autre, lentement, puis la laissant retomber.

J'empoignai, d'une main, le monstre gris et l'arrachai de sur le corps de Montgomery ; ses griffes mirent les vêtements en lambeaux tandis que je le traînais.

Montgomery avait la face à peine noircie. Je lui jetai de l'eau de mer sur la figure, et installai sous sa tête ma vareuse roulée. M'ling était mort. La créature blessée qui gémissait près du feu — c'était un des Hommes-Loups à la figure garnie de poils grisâtres — gisait, comme je m'en aperçus, la partie supérieure de son corps tombée sur les charbons encore ardents. La misérable bête était en si piteux état que, par pitié, je lui fis sauter le crâne. L'autre monstre — mort aussi — était l'un des Hommes-Taureaux vêtus de blanc.

Le reste des bipèdes avait disparu dans le bois. Je revins vers Montgomery et m'agenouillai près de lui, maudissant mon ignorance de la médecine.

A mon côté, le feu s'éteignait et, seuls, restaient quelques tisons carbonisés ou se consumant encore au milieu des cendres grises. Je me demandais où Montgomery pouvait bien avoir trouvé tout ce bois, et je vis alors que l'aurore avait envahi le ciel, brillant maintenant à mesure que la lune déclinante devenait plus pâle et plus opaque dans la lumineuse clarté bleue. Vers l'est, l'horizon était bordé de rouge.

A ce moment, j'entendis derrière moi des bruits sourds accompagnés de sifflements, et m'étant retourné, d'un bond je me relevai, en poussant un cri d'horreur. Contre l'aube ardente, de grandes masses tumultueuses de fumée noire tourbillonnaient au-dessus de l'enclos, et à travers leur orageuse obscurité jaillissaient de longs et tremblants fuseaux de flamme rouge sang. Le toit de roseaux s'embrasa ; je vis les flammes souples monter à l'assaut des appentis, et un grand jet soudain s'élança par la fenêtre de ma chambre.

Je compris immédiatement ce qui était arrivé, en me rappelant le fracas que j'avais entendu. Lorsque je m'étais précipité au secours de Montgomery, j'avais renversé la lampe.

L'impossibilité évidente de sauver quoi que ce

soit de ce que contenaient les pièces de l'enclos m'apparut aussitôt. Mon esprit revint à mon projet de fuite, et, brusquement, je me retournai vers l'endroit du rivage où étaient abritées les deux embarcations. Elles n'étaient plus là ! Sur le sable, non loin de moi, j'aperçus deux haches ; des éclats de bois et de copeaux étaient partout épars, et les cendres du feu fumaient et noircissaient sous la clarté de l'aube. Pour se venger et empêcher notre retour vers l'humanité, Montgomery avait brûlé les barques.

Un soudain accès de rage me secoua. Je fus sur le point de me laisser aller à frapper à coups redoublés sur son crâne stupide, tandis qu'il était là, sans défense à mes pieds. Mais soudain il remua sa main si faiblement, si pitoyablement que ma rage disparut. Il eut un gémissement et souleva un instant ses paupières.

Je m'agenouillai près de lui et lui soulevai la tête. Il rouvrit les yeux, contemplant silencieusement l'aurore, puis son regard rencontra le mien : ses paupières alourdies retombèrent.

« Fâché », articula-t-il avec effort.

Il semblait essayer de penser.

« C'est le bout, murmura-t-il, la fin de cet univers idiot. Quel gâchis... »

J'écoutais. Sa tête s'inclina, inerte. Je pensai que quelque liquide pouvait le ranimer. Mais je n'avais là ni boisson ni vase pour le faire boire. Tout à coup, il me parut plus lourd, et mon cœur se serra.

Je me penchai sur son visage et posai ma main sur sa poitrine à travers une déchirure de sa blouse. Il était mort, et au moment où il expirait, une ligne de feu, blanche et ardente, le limbe du soleil, monta, à l'orient, par-delà le promontoire, éclaboussant le ciel de ses rayons, et changeant la mer sombre en un tumulte bouillonnant de lumière éblouissante qui se posa, comme une gloire, sur la face contractée du mort.

Doucement, je laissai sa tête retomber sur le rude oreiller que je lui avais fait, et je me relevai. Devant moi, j'avais la scintillante désolation de la mer, l'effroyable solitude où j'avais tant souffert déjà ; en arrière, l'île assoupie sous l'aurore, et ses bêtes invisibles. L'enclos avec ses provisions et ses munitions brûlait dans un vacarme confus, avec de soudaines rafales de flammes, avec de violentes crépitations, et de temps à autre un écroulement. L'épaisse et lourde fumée s'éloignait en suivant la grève, roulant au ras des cimes des arbres vers les huttes du ravin.

CHAPITRE XIII

SEUL AVEC LES MONSTRES

Alors, des buissons, sortirent trois monstres bipèdes, les épaules voûtées, la tête en avant, les mains informes gauchement balancées, les yeux questionneurs et hostiles, s'avançant vers moi avec des gestes hésitants. Je leur fis face, affrontant en eux mon destin, seul maintenant, n'ayant plus qu'un bras valide, et dans ma poche un revolver chargé encore de quatre balles. Parmi les fragments et les éclats de bois épars sur le rivage, se trouvaient les deux haches qui avaient servi à démolir les barques. Derrière moi, la marée montait.

Il ne restait plus rien à faire, sinon à prendre courage. Je regardai délibérément, en pleine figure, les monstres qui s'approchaient. Ils évitèrent mon regard, et leurs narines frémissantes flairaient les cadavres qui gisaient auprès de moi. Je fis quelques pas, ramassai le fouet taché de sang qui était resté sous le cadavre de l'Homme-Loup et le fis claquer.

Ils s'arrêtèrent et me regardèrent avec étonnement.

« Saluez ! commandai-je. Rendez le salut ! »

Ils hésitèrent. L'un d'eux ploya le genou. Je répétai mon commandement, la gorge affreusement serrée et en faisant un pas vers eux. L'un s'agenouilla, puis les deux autres.

Je me retournai à demi, pour revenir vers les cadavres, sans quitter du regard les trois bipèdes agenouillés, à la façon dont un acteur remonte au fond de la scène en faisant face au public.

« Ils ont enfreint la Loi, expliquai-je en posant mon pied sur le monstre aux poils gris. Ils ont été tués. Même celui qui enseignait la Loi. Même l'Autre avec le fouet. Puissante est la Loi ! Venez et voyez.

— Nul n'échappe ! dit l'un d'entre eux, en avançant pour voir.

— Nul n'échappe, répétai-je. Aussi écoutez et faites ce que je vous commande. »

Ils se relevèrent, s'interrogeant les uns les autres du regard.

« Restez là », ordonnai-je.

Je ramassai les deux hachettes et les suspendis à l'écharpe qui soutenait mon bras ; puis je retournai Montgomery, lui pris son revolver encore chargé de deux coups, et trouvai dans une poche en le fouillant une demi-douzaine de cartouches.

M'étant relevé, j'indiquai le cadavre du bout de mon fouet.

« Avancez, prenez-le et jetez-le dans la mer. »

Encore effrayés, ils s'approchèrent de Montgomery, ayant surtout peur du fouet dont je faisais claquer la lanière toute tachée de sang ; puis, après quelques gauches hésitations, quelques menaces et des coups de fouet, ils le soulevèrent avec précaution, descendirent la grève et entrèrent en barbotant dans les vagues éblouissantes.

« Allez ! allez ! criai-je. Plus loin encore. »

Ils s'éloignèrent jusqu'à ce qu'ils eussent de l'eau aux aisselles ; ils s'arrêtèrent alors et me regardèrent.

« Lâchez tout », commandai-je.

Le cadavre de Montgomery disparut dans un remous et je sentis quelque chose me poigner le cœur.

« Bon ! » fis-je, avec une sorte de sanglot dans la voix. Et, craintifs, les monstres revinrent précipitamment jusqu'au rivage, laissant après eux, dans l'argent des flots, de longs sillages sombres. Arrivés au bord des vagues, ils se retournèrent, inquiets, vers la mer, comme s'ils se fussent attendus à voir Montgomery resurgir pour exercer quelque vengeance.

« A ceux-ci, maintenant », fis-je, en indiquant les autres cadavres.

Ils prirent soin de ne pas approcher de l'endroit où ils avaient jeté Montgomery et portèrent les quatre bêtes mortes, avant de les immerger, à cent mètres de là en avançant en biais.

Comme je les observais pendant qu'ils emportaient les restes mutilés de M'ling, j'entendis, derrière moi, un bruit de pas légers et, me retournant vivement, j'aperçus, à une douzaine de mètres, la grande Hyène-Porc. Le monstre avait la tête baissée, ses yeux brillants étaient fixés sur moi, et il tenait ses tronçons de mains serrés contre lui. Quand je me retournai, il s'arrêta dans cette attitude courbée, les yeux regardant de côté.

Un instant, nous restâmes face à face. Je laissai tomber le fouet et je sortis le revolver de ma poche, car je me proposais, au premier prétexte, de tuer cette brute, la plus redoutable de celles qui restaient maintenant dans l'île. Cela peut paraître déloyal, mais telle était ma résolution. Je redoutais ce monstre plus que n'importe quelle autre des bêtes humanisées. Son existence était, je le savais, une menace pour la mienne.

Pendant une dizaine de secondes, je rassemblai mes esprits.

« Saluez ! A genoux ! » ordonnai-je.

Elle eut un grognement qui découvrit ses dents.

« Qui êtes-vous pour ?... »

Un peu trop nerveusement peut-être, je levai mon revolver, visai et fis feu. Je l'entendis glapir et la vis courant de côté pour s'enfuir ; je compris que je l'avais manquée et, avec mon pouce, je relevai le chien pour tirer de nouveau. Mais la bête s'enfuyait à toute vitesse, sautant de côté et d'autre, et je n'osai pas risquer de la manquer une fois de plus. De temps en temps, elle regardait de mon côté, par-dessus son épaule ; elle suivit, de biais, le rivage, et disparut dans les masses de fumée rampante qui s'échappaient encore de l'enclos incendié. Je restai un instant, les yeux fixés sur l'endroit où le monstre avait disparu, puis je me retournai vers mes trois bipèdes obéissants et leur fis signe de laisser choir dans les flots le cadavre qu'ils soutenaient encore. Je revins alors auprès du tas de cendres à l'endroit où les corps étaient tombés, et, du pied, je remuai le sable, jusqu'à ce que les traces de sang eussent disparu.

Je renvoyai mes trois serfs d'un geste de la main, et, montant la grève, j'entrai dans les fourrés. Je tenais mon revolver, et mon fouet était suspendu, avec les hachettes, à l'écharpe de mon bras. J'avais envie d'être seul pour réfléchir à la position dans laquelle je me trouvais.

Une chose terrible, dont je commençais seulement à me rendre compte, était que, dans toute cette île, il n'y avait aucun endroit sûr où je pusse me trouver isolé et en sécurité pour me reposer ou dormir. Depuis mon arrivée, j'avais recouvré mes forces d'une façon surprenante, mais j'étais encore fort enclin à des nervosités et à des affaissements en cas de véritable détresse. J'avais l'impression qu'il me fallait traverser l'île et m'établir au milieu des bipèdes humanisés pour trouver, en me confiant à eux, quelque sécurité. Le cœur me manqua. Je revins vers le rivage, et, tournant vers l'est, du côté de l'enclos incendié, je me dirigeai vers un point où une langue basse de sable et de corail s'avançait vers les récifs. Là, je pourrais m'asseoir et réfléchir, tournant le dos à la mer et faisant face à toute surprise. Et j'allai m'y asseoir, le menton dans les genoux, le soleil tombant d'aplomb sur ma tête, une crainte croissante m'envahissant l'esprit et cherchant le moyen de vivre jusqu'au moment de ma délivrance — si jamais la délivrance devait venir. J'essayai de considérer toute la situation aussi calmement que je pouvais, mais il me fut impossible de me débarrasser de mon émotion.

Je me mis à retourner dans mon esprit les raisons du désespoir de Montgomery... Ils changeront, avait-il dit, ils sont sûrs de changer... Et Moreau ? Qu'avait dit Moreau ? Leur opiniâtre bestialité reparaît jour après jour... Puis, ma pensée revint à l'Hyène-Porc. J'avais la certitude que si je ne tuais pas cette brute, ce serait elle qui me tuerait... Celui qui enseignait la Loi était mort... Malchance !... Ils savaient maintenant que les porteurs de fouet pouvaient être tués, aussi bien qu'eux...

M'épiaient-ils déjà, de là-bas, d'entre les masses vertes de fougères et de palmiers ? Peut-être me guetteraient-ils jusqu'à ce que je vinsse à passer à leur portée ? Que complotaient-ils contre moi ? Que leur disait l'Hyène-Porc ? Mon imagination m'échappait pour vagabonder dans un marécage de craintes irréelles.

Je fus distrait de mes pensées par des cris d'oiseaux de mer, qui se précipitaient vers un objet noir que les vagues avaient échoué sur le sable, près de l'enclos. Je savais trop ce qu'était cet objet, mais je n'eus pas le cœur d'aller les chasser. Je me mis à marcher au long du rivage dans la direction opposée, avec l'intention de contourner l'extrémité est de l'île et de me rapprocher ainsi du ravin des huttes, sans m'exposer aux embûches possibles des fourrés.

Après avoir fait environ un demi-mille sur la grève, j'aperçus l'un de mes trois bipèdes obéissants qui sortait de sous-bois et s'avançait vers moi. Les fantaisies de mon imagination m'avaient rendu tellement nerveux que je tirai immédiatement mon revolver. Même le geste suppliant de la bête ne parvint pas à me désarmer.

Il continua d'avancer en hésitant.

« Allez-vous-en », criai-je.

Il y avait dans l'attitude craintive de cet être beaucoup de la soumission canine. Il recula quelque peu, comme un chien que l'on chasse, s'arrêta, et tourna vers moi ses yeux bruns et implorants.

« Allez-vous-en ! répétai-je. Ne m'approchez pas.

— Je ne peux pas venir près de vous ? demanda-t-il.

— Non ! allez-vous-en », insistai-je en faisant claquer mon fouet ; puis en prenant le manche entre mes dents, je me baissai pour ramasser une pierre, et cette menace fit fuir la bête.

Ainsi, seul, je contournai le ravin des animaux humanisés, et, caché parmi les herbes et les roseaux qui séparaient la crevasse de la mer, j'épiai ceux d'entre eux qui parurent, essayant de juger, d'après leurs gestes et leur attitude, de quelle façon les avait affectés la mort de Moreau et de Montgomery et la destruction de la maison de douleur. Je compris maintenant la folie de ma couardise. Si j'avais conservé mon courage au même niveau qu'à l'aurore, si je ne l'avais pas laissé décliner et s'annihiler dans mes réflexions solitaires, j'aurais pu saisir le sceptre de Moreau et gouverner les monstres. Maintenant j'en avais perdu l'occasion et j'étais tombé au rang de simple chef parmi des semblables.

Vers midi, certains bipèdes vinrent s'étendre sur le sable chaud. La voix impérieuse de la soif eut raison de mes craintes. Je sortis du fourré, et, le revolver à la main, je descendis vers eux. L'un de ces monstres — une Femme-Loup — tourna la tête et me regarda avec étonnement. Puis ce fut le tour des autres, sans qu'aucun fît mine de se lever et de me saluer. Je me sentais trop faible et trop las pour insister devant leur nombre, et je laissai passer le moment.

« Je veux manger, prononçai-je, presque sur un ton d'excuse et en continuant d'approcher.

— Il y a à manger dans les huttes », répondit un Bœuf-Verrat, à demi endormi, en détournant la tête.

Je les côtoyai et m'enfonçai dans l'ombre et les odeurs du ravin presque désert. Dans une hutte vide, je me régalai de fruits, et après avoir disposé quelques branchages à demi séchés pour en boucher l'ouverture, je m'étendis, la figure tournée vers l'entrée, la main sur mon revolver. La fatigue des trente dernières heures réclama son dû et je me laissai aller à un léger assoupissement, certain que ma légère barricade pouvait faire un bruit suffisant pour me réveiller en cas de surprise.

Ainsi, je devenais un être quelconque parmi les animaux humanisés dans cette île du docteur Moreau. Quand je m'éveillai, tout était encore sombre autour de moi ; mon bras, dans ses bandages, me faisait mal ; je me dressai sur mon séant, me demandant tout d'abord où je pouvais bien être. J'entendis des voix rauques qui parlaient au-dehors ct je m'aperçus alors que ma barricade n'existait plus et que l'ouverture de la hutte était libre. Mon revolver était encore à portée de ma main.

Je perçus le bruit d'une respiration et distinguai quelque être blotti tout contre moi. Je retins mon souffle, essayant de voir ce que c'était. Cela se mit à remuer lentement, interminablement, puis une chose douce, tiède et moite passa sur ma main.

Tous mes muscles se contractèrent et je retirai vivement mon bras. Un cri d'alarme s'arrêta dans ma gorge et je me rendis suffisamment compte de ce qui était arrivé pour mettre la main sur mon revolver.

« Qui est là ? demandai-je en un rauque murmure, et l'arme pointée.

— Moi, maître.

— Qui êtes-vous ?

— Ils me disent qu'il n'y a pas de maître maintenant. Mais moi, je sais, je sais. J'ai porté les corps dans les flots, ô toi qui marches dans la mer, les corps de ceux que tu as tués. Je suis ton esclave, maître.

— Es-tu celui que j'ai rencontré sur le rivage ? questionnai-je.

— Le même, maître. »

Je pouvais évidemment me fier à la bête, car elle aurait pu m'attaquer tandis que je dormais.

« C'est bien », dis-je, en lui laissant lécher ma main.

Je commençais à mieux comprendre ce que sa présence signifiait et tout mon courage me revint.

« Où sont les autres ? demandai-je.

— Ils sont fous, ils sont insensés, affirma l'Homme-Chien. Maintenant ils causent ensemble là-bas. Ils disent : le Maître est mort, l'Autre avec le Fouet est mort ; l'Autre qui marchait dans la mer est... comme nous sommes. Nous n'avons plus ni Maître, ni Fouets, ni Maison de Douleur. C'est la fin. Nous aimons la Loi et nous l'observerons ; mais il n'y aura plus jamais, ni Maître, ni Fouets, jamais. Voilà ce qu'ils disent. Mais moi, maître, je sais, je sais. »

J'étendis la main dans l'obscurité et caressai la tête de l'Homme-Chien.

« C'est bien, acquiesçai-je encore.

— Bientôt, tu les tueras tous, dit l'Homme-Chien.

— Bientôt, répondis-je, je les tuerai tous, après qu'un certain temps et que certaines choses seront arrivées ; tous, sauf ceux que tu épargneras, tous, jusqu'au dernier, seront tués.

— Ceux que le Maître veut tuer, le Maître les tue, déclara l'Homme-Chien avec une certaine satisfaction dans la voix.

— Et afin que le nombre de leurs fautes augmente, ordonnai-je, qu'ils vivent dans leur folie jusqu'à ce que le temps soit venu. Qu'ils ne sachent pas que je suis le Maître.

— La volonté du Maître est bonne, répondit l'Homme-Chien, avec le rapide tact de son hérédité canine.

— Mais il en est un qui a commis une grave offense. Celui-là, je le tuerai où que je le rencontre. Quand je te dirai : c'est lui, tu sauteras dessus sans hésiter. Et maintenant, je vais aller vers ceux qui sont assemblés. »

Un instant l'ouverture de la hutte fut obstruée par l'Homme-Chien qui sortait. Ensuite, je le suivis et me trouvai debout presque à l'endroit exact où j'étais lorsque j'avais entendu Moreau et son chien me poursuivre. Mais il faisait nuit maintenant et ce ravin aux miasmes infects était obscur autour de moi, et plus loin, au lieu d'une verte pente ensoleillée, je vis les flammes rougeâtres d'un feu devant lequel s'agitaient de grotesques personnages aux épaules arrondies. Plus loin encore s'élevaient les troncs serrés des arbres, formant une bande ténébreuse frangée par les sombres dentelles des branches supérieures. La lune apparaissait au bord du talus du ravin, et, comme une barre au travers de sa face, montait la colonne de vapeur qui, sans cesse, jaillissait des fumerolles de l'île.

« Marche près de moi », commandai-je, rassemblant tout mon courage ; et côte à côte nous descendîmes l'étroit passage sans faire attention aux vagues ombres qui nous épiaient par les ouvertures de huttes.

Aucun de ceux qui étaient autour du feu ne fit mine de me saluer. La plupart, ostensiblement, affectèrent l'indifférence. Mon regard chercha l'Hyène-Porc, mais elle n'était pas là. Ils étaient bien en tout une vingtaine, accroupis, contemplant le feu ou causant entre eux.

« Il est mort, il est mort, le Maître est mort, dit la voix de l'Homme-Singe, sur ma droite. La Maison de Souffrance, il n'y a pas de Maison de Souffrance.

— Il n'est pas mort, assurai-je d'une voix forte. Maintenant même, il vous voit. »

Cela les surprit. Vingt paires d'yeux me regardèrent.

« La Maison de Souffrance n'existe plus, continuai-je, mais elle reviendra. Vous ne pouvez pas voir le Maître, et cependant, en ce moment même, il écoute au-dessus de vous.

— C'est vrai, c'est vrai », confirma l'Homme-Chien.

Mon assurance les frappa de stupeur. Un animal peut être féroce et rusé, mais seul un homme peut mentir.

« L'Homme au bras lié dit une chose étrange, proféra l'un des animaux.

— Je vous dis qu'il en est ainsi ! affirmai-je. Le Maître de la Maison de Douleur reparaîtra bientôt. Malheur à celui qui transgresse la Loi ! »

Ils se regardèrent les uns les autres curieusement. Avec une indifférence affectée, je me mis à enfoncer négligemment ma hachette dans le sol devant moi, et je remarquai qu'ils examinaient les profondes entailles que je faisais dans le gazon.

Puis le Satyre émit un doute auquel je répondis ; après quoi l'un des êtres tachetés fit une objection, et une discussion animée s'éleva autour du feu. De moment en moment je me sentais plus assuré de ma sécurité présente. Je causais maintenant sans ces saccades dans la voix, dues à l'intensité de ma surexcitation et qui m'avaient tout d'abord troublé. En une heure de ce bavardage, j'eus réellement convaincu plusieurs de ces monstres de la vérité de mes assertions et jeté les autres dans un état de doute troublant. J'avais l'œil aux aguets pour mon ennemie l'Hyène-Porc, mais elle ne se montra pas. De temps en temps, un mouvement suspect me faisait tressaillir, mais je reprenais rapidement confiance. Enfin, quand la lune commença à descendre du zénith, un à un, les discuteurs se mirent à bâiller, montrant à la lueur du feu qui s'éteignait de bizarres rangées de dents, et ils se retirèrent vers les tanières du ravin. Et moi, redoutant le silence et les ténèbres, je les suivis, me sachant plus en sécurité avec plusieurs d'entre eux qu'avec un seul.

De cette façon commença la partie la plus longue de mon séjour dans cette île du Docteur Moreau. Mais, depuis cette nuit jusqu'à ce qu'en vînt la fin, il ne m'arriva qu'une seule chose importante en dehors d'une série d'innombrables petits détails désagréables et de l'irritation d'une perpétuelle inquiétude. De sorte que je préfère ne pas faire de chronique de cet intervalle de temps, et raconter seulement l'unique incident survenu au cours des dix mois que j'ai passés dans l'intimité de ces brutes à demi humanisées. J'ai gardé mémoire de beaucoup de choses que je pourrais écrire, encore que je donnerais volontiers ma main droite pour les oublier. Mais elles n'ajouteraient aucun intérêt à mon récit. Rétrospectivement, il est étrange pour moi de me rappeler combien je m'accordai vite avec ces monstres, m'accommodai de leurs mœurs et repris toute ma confiance. Il y eut bien quelques querelles, et je pourrais montrer encore des traces de crocs, mais ils acquirent bientôt un salutaire respect pour moi, grâce à mon habileté à lancer des pierres — talent qu'ils n'avaient pas — et grâce encore aux entailles de ma hachette. Le fidèle attachement de mon Homme-Chien Saint-Bernard me fut aussi d'un infini service. Je constatai que leur conception très simple du respect était fondée surtout sur la capacité d'infliger des blessures tranchantes. Je puis bien dire même — sans vanité, j'espère — que j'eus sur eux une sorte de prééminence. Un ou deux de ces monstres, que, dans diverses disputes, j'avais balafrés sérieusement, me gardaient rancune, mais leur ressentiment se manifestait par des grimaces faites derrière mon dos et à une distance suffisante, hors de la portée de mes projectiles.

L'Hyène-Porc m'évitait, et j'étais toujours en alerte à cause d'elle. Mon inséparable Homme-Chien la haïssait et la redoutait excessivement. Je crois réellement que c'était là le fond de l'attachement de cette brute pour moi. Il me fut bientôt évident que le féroce monstre avait goûté du sang et avait suivi les traces de l'Homme-Léopard. Il se fit une tanière quelque part dans la forêt et devint solitaire. Une fois je tentai de persuader les brutes mi-humaines de le traquer, mais je n'eus pas l'autorité nécessaire pour les obliger à coopérer à une effort commun. Maintes fois j'essayai d'approcher de son repaire et de le surprendre à l'improviste, mais ses sens étaient trop subtils, et toujours il me vit ou me flaira à temps pour fuir. D'ailleurs, lui aussi, avec ses embuscades, rendait dangereux les sentiers de la forêt pour mes alliés et moi, et l'Homme-Chien osait à peine s'écarter.

Dans le premier mois, les monstres, relativement à leur subséquente condition, restèrent assez humains, et même envers un ou deux autres, à part mon Homme-Chien, je réussis à avoir une amicale tolérance. Le petit être rosâtre me montrait une bizarre affection et se mit aussi à me suivre. Pourtant, l'Homme-Singe m'était infiniment désagréable. Il prétendait, à cause de ses cinq doigts, qu'il était mon égal et ne cessait, dès qu'il me voyait, de jacasser perpétuellement les plus sottes niaiseries. Une seule chose en lui me distrayait un peu : son fantastique talent pour fabriquer de nouveaux mots. Il avait l'idée, je crois, qu'en baragouiner qui ne signifiaient rien était l'usage naturel à faire de la parole. Il appelait cela « grand penser » pour le distinguer du « petit penser » — lequel concernait les choses utiles de l'existence journalière. Si par hasard je faisais quelque remarque qu'il ne comprenait pas, il se répandait en louanges, me demandait de la répéter, l'apprenait pas cœur, et s'en allait la dire, en écorchant une syllabe ici où là, à tous ses compagnons. Il ne faisait aucun cas de ce qui était simple et compréhensible, et j'inventai pour son usage personnel quelques curieux « grands pensers ». Je suis persuadé maintenant qu'il était la créature la plus stupide que j'aie jamais vue de ma vie. Il avait développé chez lui, de la façon la plus surprenante, la sottise distinctive de l'homme sans rien perdre de la niaiserie naturelle du singe.

Tout ceci, comme je l'ai dit, se rapporte aux premières semaines que je passai seul parmi les brutes. Pendant cette période, ils respectèrent l'usage établi par la Loi et conservèrent dans leur conduite un décorum extérieur. Une fois, je trouvai un autre lapin déchiqueté, par l'Hyène-Porc certainement — mais ce fut tout. Vers le mois de mai, seulement, je commençai à percevoir d'une façon distincte une différence croissante dans leurs discours et leurs allures, une rudesse plus marquée d'articulation, et une tendance de plus en plus accentuée à perdre l'habitude du langage. Le bavardage de mon Homme-Singe multiplia de volume, mais devint de moins en moins compréhensible, de plus en plus simiesque. Certains autres semblaient laisser complètement s'échapper leur faculté d'expression, bien qu'ils fussent encore capables, à cette époque, de comprendre ce que je leur disais. Imaginez-vous un langage que vous avez connu exact et défini, qui s'amollit et se désagrège, perd forme et signification et redevient de simples fragments de son. D'ailleurs, maintenant, ils ne marchaient debout qu'avec une difficulté croissante, et malgré la honte qu'ils en éprouvaient évidemment, de temps en temps je surprenais l'un ou l'autre d'entre eux courant sur les pieds et les mains et parfaitement incapable de reprendre l'attitude verticale. Leurs mains saisissaient plus gauchement les objets. Chaque jour ils se laissaient de plus en plus aller à boire en lapant ou en aspirant, et à ronger et déchirer au lieu de mâcher. Plus vivement que jamais, je me rendais compte de ce que Moreau m'avait dit de leur rétive et tenace bestialité. Ils retournaient à l'animal, et ils y retournaient très rapidement.

Quelques-uns — et ce furent tout d'abord à ma grande surprise les femelles — commencèrent à négliger les nécessités de la décence, et presque toujours délibérément. D'autres tentèrent même d'enfreindre publiquement l'institution de la monogamie. La tradition imposée de la Loi perdait clairement de sa force, et je n'ose guère poursuivre sur ce désagréable sujet. Mon Homme-Chien retombait peu à peu dans ses mœurs canines ; jour après jour il devenait muet, quadrupède, et se couvrait de poils, sans que je pusse remarquer de transition entre le compagnon qui marchait à mes côtés et le chien flaireur et sans cesse aux aguets qui me précédait ou me suivait. Comme la négligence et la désorganisation augmentaient de jour en jour, le ravin des huttes, qui n'avait jamais été un séjour agréable, devint si infect et nauséabond que je dus le quitter, et, traversant l'île, je me construisis une sorte d'abri avec des branches au milieu des ruines incendiées de la demeure de Moreau. De vagues souvenirs de souffrances, chez les brutes, faisaient de cet endroit le coin le plus sûr.

Il serait impossible de noter chaque détail du retour graduel de ces monstres vers l'animalité, de dire comment, chaque jour, leur apparence humaine s'affaiblissait ; comment ils négligèrent de se couvrir ou de s'envelopper et rejetèrent enfin tout vestige de vêtement ; comment le poil commença à croître sur ceux de leurs membres exposés à l'air ; comment leurs fronts s'aplatirent et leurs mâchoires s'avancèrent. Le changement se faisait, lent et inévitable ; pour eux comme pour moi, il s'accomplissait sans secousse ni impression pénible. J'allais encore au milieu d'eux en toute sécurité, car aucun choc, dans cette descente vers leur ancien état, n'avait pu les délivrer du joug plus lourd de leur animalisme, éliminant peu à peu ce qu'on leur avait imposé d'humain.

Mais je commençai à redouter que bientôt ce choc ne vînt à se produire. Ma brute de Saint-Bernard me suivit à mon nouveau campement, et sa vigilance me permit parfois de dormir d'une manière à peu près paisible. Le petit monstre rose, l'aï, devint fort timide et m'abandonna pour retourner à ses habitudes naturelles parmi les branches des arbres. Nous étions exactement en cet état d'équilibre où se trouverait une de ces cages peuplées d'animaux divers qu'exhibent certains dompteurs, après que le dompteur l'aurait quittée pour toujours

Néanmoins ces créatures ne redevinrent pas exactement des animaux tels que le lecteur peut en voir dans les jardins zoologiques — d'ordinaires loups, ours, tigres, bœufs, porcs ou singes. Ils conservaient quelque chose d'étrange dans leur conformation ; en chacun d'eux, Moreau avait mêlé cet animal avec celui-ci : l'un était peut-être surtout ours, l'autre surtout félin ; celui-là bœuf, mais chacun d'eux avait quelque chose provenant d'une autre créature, et une sorte d'animalisme généralisé apparaissait sous des caractères spécifiques. De vagues lambeaux d'humanité me surprenaient encore de temps en temps chez eux, une recrudescence passagère de paroles, une dextérité inattendue des membres antérieurs, ou une pitoyable tentative pour prendre une position verticale.

Je dus, sans doute, subir aussi d'étranges changements. Mes habits pendaient sur moi en loques jaunâtres sous lesquelles apparaissait la peau tannée. Mes cheveux, qui avaient crû fort longs, étaient tout emmêlés, et l'on me dit souvent que, maintenant encore, mes yeux ont un étrange éclat et une vivacité surprenante.

D'abord, je passai les heures de jour sur la grève du sud explorant l'horizon, espérant et priant pour qu'un navire parût. Je comptais sur le retour annuel de la *Chance-Rouge,* mais elle ne revint pas. Cinq fois, j'aperçus des voiles et trois fois une traînée de fumée, mais jamais aucune embarcation n'aborda l'île. J'avais toujours un grand feu prêt que j'allumais ; seulement, sans aucun doute, la réputation volcanique de l'endroit suppléait à toute explication.

Ce ne fut guère que vers septembre ou octobre que je commençai à penser sérieusement à construire un radeau. A cette époque, mon bras se trouva entièrement guéri, et de nouveau j'avais mes deux mains à mon service. Tout d'abord, je fus effrayé de mon impuissance. Je ne m'étais, jamais de ma vie, livré à aucun travail de charpente, ni d'aucun genre manuel d'ailleurs, et je passais mon temps, dans le bois, jour après jour, à essayer de fendre des troncs et tenter de les lier entre eux. Je n'avais aucune espèce de cordages et je ne sus rien trouver qui pût me servir de liens ; aucune des abondantes espèces de lianes ne semblait suffisamment souple ni solide, et, avec tout l'amas de mes connaissances scientifiques, je ne savais pas le moyen de les rendre résistantes et souples. Je passai plus de quinze jours à fouiller dans les ruines de l'enclos ainsi qu'à l'endroit du rivage où les barques avaient été brûlées, cherchant des clous ou d'autres fragments de métal qui puissent m'être de quelque utilité. De temps à autre, quelqu'une des brutes venait m'épier et s'enfuyait à grands bonds quand je criais après elle. Puis vint une saison d'orages, de tempêtes et de pluies violentes, qui retardèrent grandement mon travail ; pourtant je parvins enfin à terminer le radeau.

J'étais ravi de mon œuvre. Mais avec ce manque de sens pratique qui a toujours fait mon malheur, je l'avais construite à une distance de plus d'un mille de la mer, et avant que je l'eusse traînée jusqu'au rivage, elle était en morceaux. Ce fut peut-être un bonheur pour moi de ne pas m'être embarqué dessus ; mais, à ce moment-là, le désespoir que j'eus de cet échec fut si grand que, pendant quelques jours, je ne sus faire autre chose qu'errer sur le rivage en contemplant les flots et songeant à la mort.

Mais je ne voulais certes pas mourir, et un incident se produisit qui me démontra, sans que je pusse m'y méprendre, quelle folie c'était de laisser ainsi passer les jours, car chaque matin nouveau était gros des dangers croissants du voisinage des monstres.

J'étais étendu à l'ombre d'un pan de mur encore debout, le regard errant sur la mer, quand je tressaillis au contact de quelque chose de froid à mon talon, et, me retournant, j'aperçus l'aï qui clignait des yeux devant moi. Il avait depuis longtemps perdu l'usage de la parole et toute activité d'allures ; sa longue fourrure devenait chaque jour plus épaisse, et ses griffes solides plus tordues. Quand il vit qu'il avait attiré mon attention, il fit entendre une sorte de grognement, s'éloigna de quelques pas vers les buissons et se détourna vers moi.

D'abord je ne compris pas, mais bientôt il me vint à l'esprit qu'il désirait sans doute me voir le suivre et c'est ce que je fis enfin, lentement — car il faisait très chaud. Quand il fut parvenu sous les arbres, il grimpa dans les branches, car il pouvait plus facilement avancer parmi leurs lianes pendantes que sur le sol.

Soudain, dans un espace piétiné, je me trouvai devant un groupe horrible. Mon Saint-Bernard gisait à terre, mort, et près de lui était accroupie l'Hyène-Porc, étreignant dans ses griffes informes la chair pantelante, grognant et reniflant avec délices. Comme j'approchais, le monstre leva vers les miens ses yeux étincelants, il retroussa sur ses dents sanguinolentes ses babines frémissantes et gronda d'un air menaçant. Il n'était ni effrayé ni honteux ; le dernier vestige d'humanité s'était effacé en lui. Je fis un pas en avant, m'arrêtai et sortis mon revolver. Enfin, nous étions face à face.

La brute ne fit nullement mine de fuir. Son poil se hérissa, ses oreilles se rabattirent et tout son corps se replia. Je visai entre les yeux et fis feu. Au même moment le monstre se dressait d'un bond, s'élançait sur moi et me renversait, comme une quille. Il essaya de me saisir dans ses informes griffes et m'atteignit au visage ; mais son élan l'emporta trop loin et je me trouvai étendu sous la partie postérieure de son corps. Heureusement, je l'avais atteint à l'endroit visé et il était mort en sautant. Je me dégageai de sous son corps pesant, et, tremblant, je me relevai, examinant la bête secouée encore de faibles spasmes. C'était toujours un danger de moins, mais, seulement, la première d'une série de rechutes dans la bestialité qui, j'en étais sûr, allaient se produire.

Je brûlai les deux cadavres sur un bûcher de broussailles. Alors, je vis clairement qu'à moins de quitter l'île, sans tarder, ma mort n'était plus qu'une question de jours. Sauf une ou deux exceptions, les monstres avaient, à ce moment, laissé le ravin pour se faire des repaires, suivant leurs goûts, parmi les fourrés de l'île. Ils rôdaient rarement de jour et la plupart d'entre eux dormaient de l'aube au soir, et l'île eût pu sembler déserte à quelque nouveau venu. Mais, la nuit, l'air s'emplissait de leurs appels et de leurs hurlements. L'idée me vint d'en faire un massacre — d'établir des trappes et de les attaquer à coups de couteau. Si j'avais eu assez de cartouches, je n'aurais pas hésité un instant à commencer leur extermination, car il ne devait guère rester qu'une vingtaine de carnivores dangereux, les plus féroces ayant déjà été tués. Après la mort du malheureux Homme-Chien, mon dernier ami, j'adoptai aussi, dans une certaine mesure, l'habitude de dormir dans le jour, afin d'être sur mes gardes pendant la nuit. Je reconstruisis ma cabane, entre les ruines des murs de l'enclos, avec une ouverture si étroite qu'on ne pouvait tenter d'entrer sans faire un vacarme considérable. Les monstres d'ailleurs avaient désappris l'art de faire du feu, et la crainte des flammes leur était venue. Une fois encore, je me remis avec passion à rassembler et à lier des pieux et des branches pour former un radeau sur lequel je pourrais m'enfuir.

Je rencontrai mille difficultés. A l'époque où je fis mes études, on n'avait pas encore adopté les méthodes de Slojd, et j'étais par conséquent fort malhabile de mes mains ; mais cependant d'une façon ou d'une autre, et par des moyens fort compliqués, je vins à bout de toutes les exigences de mon ouvrage, et cette fois je me préoccupai particulièrement de la solidité. Le seul obstacle insurmontable fut que je flotterais sur ces mers peu fréquentées. J'aurais bien essayé de fabriquer quelque poterie, mais le sol ne contenait pas d'argile. J'arpentais l'île en tous sens, essayant, avec toutes les ressources de mes facultés, de résoudre ce dernier problème. Parfois, je me laissais aller à de farouches accès de rage, et, dans ces moments d'intolérable agitation, je tailladais à coups de hachette le tronc de quelques malheureux arbres sans parvenir pour cela à trouver une solution.

Alors, vint un jour, un jour prodigieux que je passai dans l'extase. Vers le sud-ouest, j'aperçus une voile, une voile minuscule comme celle d'un petit schooner, et aussitôt j'allumai une grande pile de broussailles et je restai là en observation, sans me soucier de la chaleur du brasier ni de l'ardeur du soleil de midi. Tout le jour, j'épiai cette voile, ne pensant ni à manger, ni à boire, si bien que la tête me tourna ; les bêtes venaient, me regardaient avec des yeux surpris et s'en allaient. L'embarcation était encore fort éloignée quand l'obscurité descendit et l'engloutit ; toute la nuit je m'exténuai à entretenir mon feu, et les flammes s'élevaient hautes et brillantes, tandis que, dans les ténèbres, les yeux curieux des bêtes étincelaient. Quand l'aube revint, l'embarcation était plus proche et je pus distinguer la voile à bourcet d'une petite barque. Mes yeux étaient fatigués de ma longue observation et malgré mes efforts pour voir distinctement je ne pouvais les croire. Deux hommes étaient dans la barque, assis très bas, l'un à l'avant, l'autre près de la barre. Mais le bateau gouvernait étrangement, sans rester sous le vent et tirant des embardées.

Quand le jour devint plus clair, je me mis à agiter, comme signal, les derniers vestiges de ma vareuse. Mais ils ne semblèrent pas le remarquer et demeurèrent assis l'un en face de l'autre. J'allai jusqu'à l'extrême pointe du promontoire bas, gesticulant et hurlant, sans obtenir de réponse, tandis que la barque continuait sa course apparemment sans but, mais qui la rapprochait presque insensiblement de la baie. Soudain, sans qu'aucun des deux hommes ne fasse le plus petit mouvement, un grand oiseau blanc s'envola hors du bateau, tournoya un instant et s'envola dans les airs sur ses énormes ailes étendues.

Alors, je cessai mes cris et m'asseyant, le menton dans ma main, je suivis du regard l'étrange bateau. Lentement, lentement la barque dérivait vers l'ouest. J'aurais pu la rejoindre à la nage, mais quelque chose comme une vague crainte me retint. Dans l'après-midi, la marée vint l'échouer sur le sable et la laissa à environ une centaine de mètres à l'ouest des ruines de l'enclos.

Les hommes qui l'occupaient étaient morts ; ils étaient morts depuis si longtemps qu'ils tombèrent par morceaux lorsque je voulus les en sortir. L'un d'eux avait une épaisse chevelure rousse comme le capitaine de la *Chance-Rouge* et, au fond du bateau, se trouvait un béret blanc tout sale. Tandis que j'étais ainsi occupé auprès de l'embarcation, trois des monstres se glissèrent furtivement hors des buissons et s'avancèrent vers moi en reniflant. Je fus pris à leur vue d'un de mes spasmes de dégoût. Je poussai le petit bateau de toutes mes forces pour le remettre à flot et sautai dedans. Deux des brutes étaient des loups qui venaient, les narines frémissantes et les yeux brillants ; la troisième était cette indescriptible horreur faite d'ours et de taureau.

Quand je les vis s'approcher de ces misérables restes, que je les entendis grogner en se menaçant et que j'aperçus le reflet de leurs dents blanches, une terreur frénétique succéda à ma répulsion. Je leur tournai le dos, amenai la voile et me mis à pagayer vers la pleine mer, sans oser me retourner.

Cette nuit-là, je me tins entre les récifs et l'île ; au matin, j'allai jusqu'au cours d'eau pour remplir le petit baril que je trouvai dans la barque. Alors, avec toute la patience dont je fus capable, je recueillis une certaine quantité de fruits, guettai et tuai deux lapins avec mes trois dernières cartouches ; pendant ce temps, j'avais laissé ma barque amarrée à une saillie avancée du récif, par crainte des monstres.

CHAPITRE XIV

L'HOMME SEUL

Dans la soirée, je partis, poussé par une petite brise du sud-ouest, et m'avançai lentement et constamment vers la pleine mer, tandis que l'île diminuait de plus en plus dans la distance et que la mince spirale des fumées de solfatares n'était plus, contre le couchant ardent, qu'une ligne de plus en plus ténue. L'océan s'élevait autour de moi, cachant à mes yeux cette tache basse et sombre. La traînée de gloire du soleil semblait crouler du ciel en cascade rutilante, puis la clarté du jour s'éloigna comme si l'on eût laissé tomber quelque lumineux rideau, et enfin mes yeux explorèrent ce gouffre d'immensité bleue qu'emplit et dissimule le soleil, et j'aperçus les flottantes multitudes des étoiles. Sur la mer et jusqu'aux profondeurs du ciel régnait le silence, et j'étais seul avec la nuit et ce silence.

J'errai ainsi pendant trois jours, mangeant et buvant parcimonieusement, méditant les choses qui m'étaient arrivées, sans réellement désirer beaucoup revoir la race des hommes. Je n'avais autour du corps qu'un lambeau d'étoffe fort sale, ma chevelure n'était plus qu'un enchevêtrement noir, et il n'y a rien d'étonnant à ce que ceux qui me trouvèrent m'aient pris pour un fou. Cela peut paraître étrange, mais je n'éprouvais aucun désir de réintégrer l'humanité, satisfait seulement d'avoir quitté l'odieuse société des monstres.

Le troisième jour, je fus recueilli par un brick qui allait d'Apia à San Francisco ; ni le capitaine ni le second ne voulurent croire mon histoire, présumant qu'une longue solitude et de constants dangers m'avaient fait perdre la raison. Aussi, redoutant que leur opinion soit celle des autres, j'évitai de conter mon aventure, et prétendis ne plus rien me rappeler de ce qui m'était arrivé depuis le naufrage de la *Dame Altière*, jusqu'au moment où j'avais été rencontré, c'est-à-dire en l'espace d'une année.

Il me fallut agir avec la plus extrême circonspection pour éviter qu'on ne me crût atteint d'aliénation mentale. J'étais hanté par des souvenirs de la Loi, des deux marins morts, des embuscades dans les ténèbres, du cadavre dans le fourré de roseaux. Enfin, si peu naturel que cela puisse paraître, avec mon retour à l'humanité, je retrouvai, au lieu de cette confiance et de cette sympathie que je m'attendais à éprouver de nouveau, une aggravation de l'incertitude et de la crainte que j'avais sans cesse ressenties pendant mon séjour dans l'île. Personne ne voulait me croire, et j'apparaissais aussi étrange aux hommes que je l'avais été aux hommes-animaux, ayant sans doute gardé quelque chose de la sauvagerie naturelle de mes compagnons.

On prétend que la peur est une maladie ; quoi qu'il en soit, je peux certifier que, depuis plusieurs années maintenant, une inquiétude perpétuelle habite mon esprit, pareille à celle qu'un lionceau à demi dompté pourrait ressentir. Mon trouble prend une forme des plus étranges. Je ne pouvais me persuader que les hommes et les femmes que je rencontrais n'étaient pas aussi un autre genre, passablement humain, de monstres, d'animaux à demi formés selon l'apparence extérieure d'une âme humaine, et que bientôt ils allaient revenir à l'animalité première, et laisser voir tour à tour telle ou telle marque de bestialité atavique. Mais j'ai confié mon cas à un homme étrangement intelligent, un spécialiste des maladies mentales, qui avait connu Moreau et qui parut, à demi, ajouter foi à mes récits — et cela me fut un grand soulagement.

Je n'ose espérer que la terreur de cette île me quittera jamais entièrement, encore que la plupart du temps elle ne soit, tout au fond de mon esprit, rien qu'un nuage éloigné, un souvenir, un timide soupçon ; mais il est des moments où ce petit nuage s'étend et grandit jusqu'à obscurcir tout le ciel. Si, alors, je regarde mes semblables autour de moi, mes craintes me reprennent. Je vois des faces âpres et animées, d'autres ternes et dangereuses, d'autres fuyantes et menteuses, sans qu'aucune

possède la calme autorité d'une âme raisonnable.
J'ai l'impression que l'animal va reparaître tout à
coup sous ces visages, que bientôt la dégradation
des monstres de l'île va se manifester de nouveau
sur une plus grande échelle. Je sais que c'est là une
illusion, que ces apparences d'hommes et de
femmes qui m'entourent sont en réalité de véritables humains, qu'ils restent jusqu'au bout des
créatures parfaitement raisonnables, pleines de
désirs bienveillants et de tendre sollicitude, éman-
cipées de la tyrannie de l'instinct et nullement
soumises à quelque fantastique Loi — en un mot,
des êtres absolument différents de monstres
humanisés. Et pourtant, je ne puis m'empêcher de
les fuir, de fuir leurs regards curieux, leurs
questions et leur aide, et il me tarde de me
retrouver loin d'eux et seul.

Pour cette raison, je vis maintenant près de la
large plaine libre, où je puis me réfugier quand
cette ombre descend sur mon âme. Alors, très
douce est la grande place déserte sous le ciel que
balaie le vent. Quand je vivais à Londres, cette
horreur était intolérable. Je ne pouvais échapper
aux hommes ; leurs voix entraient par les fenêtres,
et les portes closes n'étaient qu'une insuffisante
sauvegarde, je sortais par les rues pour lutter avec
mon illusion et des femmes qui rôdaient miau-
laient après moi, des hommes faméliques et furtifs
me jetaient des regards envieux, des ouvriers pâles
et exténués passaient auprès de moi en toussant,
les yeux las et l'allure pressée comme des bêtes

blessées perdant leur sang ; de vieilles gens courbés et mornes cheminaient en marmottant, indifférents à la marmaille loqueteuse qui les raillait. Alors j'entrais dans quelque chapelle, et là même, tel était mon trouble, il me semblait que le prêtre bredouillait de « grands pensers » comme l'avait fait l'Homme-Singe ; ou bien je pénétrais dans quelque bibliothèque et les visages attentifs inclinés sur les livres semblaient ceux de patientes créatures épiant leur proie. Mais les figures mornes et sans expression des gens rencontrés dans les trains et les omnibus m'étaient particulièrement nauséeuses. Ils ne paraissaient pas plus être mes semblables que l'eussent été des cadavres, si bien que je n'osai plus voyager à moins d'être assuré de rester seul. Et il me semblait même que, moi aussi, je n'étais pas une créature raisonnable, mais seulement un animal tourmenté par quelque étrange désordre cérébral qui m'envoyait errer seul comme un mouton frappé de vertige.

Mais ces accès — Dieu merci — ne me prennent maintenant que très rarement. Je me suis éloigné de la confusion des cités et des multitudes, et je passe mes jours entouré de sages livres, claires fenêtres sur cette vie que nous vivons, reflétant les âmes lumineuses des hommes. Je ne vois que peu d'étrangers et n'ai qu'un train de maison fort restreint. Je consacre mon temps à la lecture et à des expériences de chimie, et je passe la plupart des nuits, quand l'atmosphère est pure, à étudier l'astronomie. Car, bien que je ne sache ni comment ni pourquoi, il me vient des scintillantes multitudes des cieux le sentiment d'une protection et d'une paix infinies. C'est là, je le crois, dans les éternelles et vastes lois de la matière, et non dans les soucis, les crimes et les tourments quotidiens des hommes, que ce qu'il y a de plus qu'animal en nous doit trouver sa consolation et son espoir. J'espère, ou je ne pourrais pas vivre. Et ainsi se termine mon histoire, dans l'espérance et la solitude.

I.	*Une menagerie à bord*	9
II.	*Montgomery parle*	23
III.	*L'abordage dans l'île*	29
IV.	*L'oreille pointue*	43
V.	*Dans la forêt*	56
VI.	*Une seconde évasion*	71
VII.	*L'enseignement de la Loi*	86
VIII.	*Moreau s'explique*	106
IX.	*Les monstres*	124
X.	*La chasse à l'homme-léopard*	139
XI.	*Une catastrophe*	153
XII.	*Un peu de bon temps*	168
XIII.	*Seul avec les monstres*	180
XIV.	*L'homme seul*	207

DU MÊME AUTEUR

Aux Éditions Gallimard

UNE TENTATIVE D'AUTOBIOGRAPHIE
LE JOUEUR DE CROQUET (Folio n° 1909)
LA GUERRE DES MONDES (Folio n° 185)
LA MACHINE À EXPLORER LE TEMPS, suivi de L'ÎLE DU DOCTEUR MOREAU (Folio n° 587)
L'HISTOIRE DE M. POLLY (Folio n° 1014)
L'AMOUR ET M. LEWISHAM (Folio n° 1050)
AU TEMPS DE LA COMÈTE (Folio n° 1548)
LA GUERRE DANS LES AIRS (Folio n°1549)
LES PREMIERS HOMMES DANS LA LUNE (Folio n° 1550)
MISS WATERS (Folio n° 1559)
LA BURLESQUE ÉQUIPÉE DU CYCLISTE (Folio n° 1560)
LE PAYS DES AVEUGLES (Folio n° 1561)
ENFANTS DES ÉTOILES (Folio n° 1572)
EFFROIS ET FANTASMAGORIES (L'Imaginaire n° 132)

COLLECTION FOLIO

Dernières parutions

3260. Philippe Meyer — *Paris la Grande.*
3261. Patrick Mosconi — *Le chant de la mort.*
3262. Dominique Noguez — *Amour noir.*
3263. Olivier Todd — *Albert Camus, une vie.*
3264. Marc Weitzmann — *Chaos.*
3265. Anonyme — *Aucassin et Nicolette.*
3266. Tchekhov — *La dame au petit chien et autres nouvelles.*
3267. Hector Bianciotti — *Le pas si lent de l'amour.*
3268. Pierre Assouline — *Le dernier des Camondo.*
3269. Raphaël Confiant — *Le meurtre du Samedi-Gloria.*
3270. Joseph Conrad — *La Folie Almayer.*
3271. Catherine Cusset — *Jouir.*
3272. Marie Darrieussecq — *Naissance des fantômes.*
3273. Romain Gary — *Europa.*
3274. Paula Jacques — *Les femmes avec leur amour.*
3275. Iris Murdoch — *Le chevalier vert.*
3276. Rachid O. — *L'enfant ébloui.*
3277. Daniel Pennac — *Messieurs les enfants.*
3278. John Edgar Wideman — *Suis-je le gardien de mon frère ?*
3279. François Weyergans — *Le pitre.*
3280. Pierre Loti — *Le Roman d'un enfant* suivi de *Prime jeunesse.*
3281. Ovide — *Lettres d'amour.*
3282. Anonyme — *La Farce de Maître Pathelin.*
3283. François-Marie Banier — *Sur un air de fête.*
3284. Jemia et J.M.G. Le Clézio — *Gens des nuages.*
3285. Julian Barnes — *Outre-Manche.*
3286. Saul Bellow — *Une affinité véritable.*
3287. Emmanuèle Bernheim — *Vendredi soir.*
3288. Daniel Boulanger — *Le retable Wasserfall.*
3289. Bernard Comment — *L'ombre de mémoire.*
3290. Didier Daeninckx — *Cannibale.*
3291. Orhan Pamuk — *Le château blanc.*

3292.	Pascal Quignard	*Vie secrète.*
3293.	Dominique Rolin	*La Rénovation.*
3294.	Nathalie Sarraute.	*Ouvrez.*
3295.	Daniel Zimmermann	*Le dixième cercle.*
3296.	Zola	*Rome.*
3297.	Maupassant	*Boule de suif.*
3298.	Balzac	*Le Colonel Chabert.*
3299.	José Maria Eça de Queiroz	*202, Champs-Élysées.*
3300.	Molière	*Le Malade Imaginaire.*
3301.	Sand	*La Mare au Diable.*
3302.	Zola	*La Curée.*
3303.	Zola	*L'Assommoir.*
3304.	Zola	*Germinal.*
3305.	Sempé	*Raoul Taburin.*
3306.	Sempé	*Les Musiciens.*
3307.	Maria Judite de Carvalho	*Tous ces gens, Mariana...*
3308.	Christian Bobin	*Autoportrait au radiateur.*
3309.	Philippe Delerm	*Il avait plu tout le dimanche.*
3312.	Pierre Pelot	*Ce soir, les souris sont bleues.*
3313.	Pierre Pelot	*Le nom perdu du soleil.*
3314.	Angelo Rinaldi	*Dernières nouvelles de la nuit.*
3315.	Arundhati Roy	*Le Dieu des Petits Riens.*
3316.	Shan Sa	*Porte de la paix céleste.*
3317.	Jorge Semprun	*Adieu, vive clarté...*
3318.	Philippe Sollers	*Casanova l'admirable.*
3319.	Victor Segalen	*René Leys.*
3320.	Albert Camus	*Le premier homme.*
3321.	Bernard Comment	*Florence, retours.*
3322.	Michel Del Castillo	*De père français.*
3323.	Michel Déon	*Madame Rose.*
3324.	Philipe Djian	*Sainte-Bob.*
3325.	Witold Gombrowicz	*Les envoûtés.*
3326.	Serje Joncour	*Vu.*
3327.	Milan Kundera	*L'identité.*
3328.	Pierre Magnan	*L'aube insolite.*
3329.	Jean-Noël Pancrazi	*Long séjour.*
3330.	Jacques Prévert	*La cinquième saison.*
3331.	Jules Romains	*Le vin blanc de la Villette.*
3332.	Thucydide	*La Guerre du Péloponnèse.*
3333.	Pierre Charras	*Juste avant la nuit.*

3334.	François Debré	*Trente ans avec sursis.*
3335.	Jérôme Garcin	*La chute de cheval.*
3336.	Syvie Germain	*Tobie des marais.*
3337.	Angela Huth	*L'invitation à la vie conjugale.*
3338.	Angela Huth	*Les filles de Hallows Farm.*
3339.	Luc Lang	*Mille six cents ventres.*
3340.	J.M.G. Le Clézio	*La fête chantée.*
3341.	Daniel Rondeau	*Alexandrie.*
3342.	Daniel Rondeau	*Tanger.*
3343.	Mario Vargas Llosa	*Les carnets de Don Rigoberto.*
3344.	Philippe Labro	*Rendez-vous au Colorado.*
3345.	Christine Angot	*Not to be.*
3346.	Christine Angot	*Vu du ciel.*
3347.	Pierre Assouline	*La cliente.*
3348.	Michel Braudeau	*Naissance d'une passion.*
3349.	Paule Constant	*Confidence pour confidence.*
3350.	Didier Daeninckx	*Passages d'enfer.*
3351.	Jean Giono	*Les récits de la demi-brigade.*
3352.	Régis Debray	*Par amour de l'art.*
3353.	Endô Shûsaku	*Le fleuve sacré.*
3354.	René Frégni	*Où se perdent les hommes.*
3355.	Alix de Saint-André	*Archives des anges.*
3356.	Lao She	*Quatre générations sous un même toit II.*
3357.	Bernard Tirtiaux	*Le puisatier des abîmes.*
3358.	Anne Wiazemsky	*Une poignée de gens.*
3359.	Marguerite de Navarre	*L'Heptaméron.*
3360.	Annie Cohen	*Le marabout de Blida.*
3361.	Abdelkader Djemaï	*31, rue de l'Aigle.*
3362.	Abdelkader Djemaï	*Un été de cendres.*
3363.	J.P. Donleavy	*La dame qui aimait les toilettes propres.*
3364.	Lajos Zilahy	*Les Dukay.*
3365.	Claudio Magris	*Microcosmes.*
3366.	Andreï Makine	*Le crime d'Olga Arbélina.*
3367.	Antoine de Saint-Exupéry	*Citadelle (édition abrégée).*
3368.	Boris Schreiber	*Hors-les-murs.*
3369.	Dominique Sigaud	*Blue Moon.*
3370.	Bernard Simonay	*La lumière d'Horus (La première pyramide III).*
3371.	Romain Gary	*Ode à l'homme qui fut la France.*

3372. Grimm	*Contes.*
3373. Hugo	*Le Dernier Jour d'un Condamné.*
3374. Kafka	*La Métamorphose.*
3375. Mérimée	*Carmen.*
3376. Molière	*Le Misanthrope.*
3377. Molière	*L'École des femmes.*
3378. Racine	*Britannicus.*
3379. Racine	*Phèdre.*
3380. Stendhal	*Le Rouge et le Noir.*
3381. Madame de Lafayette	*La Princesse de Clèves.*
3382. Stevenson	*Le Maître de Ballantrae.*
3383. Jacques Prévert	*Imaginaires.*
3384. Pierre Péju	*Naissances.*
3385. André Velter	*Zingaro suite équestre.*
3386. Hector Bianciotti	*Ce que la nuit raconte au jour.*
3387. Chrystine Brouillet	*Les neuf vies d'Edward.*
3388. Louis Calaferte	*Requiem des innocents.*
3389. Jonathan Coe	*La Maison du sommeil.*
3390. Camille Laurens	*Les travaux d'Hercule.*
3391. Naguib Mahfouz	*Akhénaton le renégat.*
3392. Cees Nooteboom	*L'histoire suivante.*
3393. Arto Paasilinna	*La cavale du géomètre.*
3394. Jean-Christophe Rufin	*Sauver Ispahan.*
3395. Marie de France	*Lais.*
3396. Chrétien de Troyes	*Yvain ou le Chevalier au Lion.*
3397. Jules Vallès	*L'Enfant.*
3398. Marivaux	*L'Île des Esclaves.*
3399. R.L. Stevenson	*L'Île au trésor.*
3400. Philippe Carles et Jean-Louis Comolli	*Free jazz, Black power.*
3401. Frédéric Beigbeder	*Nouvelles sous ecstasy.*
3402. Mehdi Charef	*La maison d'Alexina.*
3403. Laurence Cossé	*La femme du premier ministre.*
3404. Jeanne Cressanges	*Le luthier de Mirecourt.*
3405. Pierrette Fleutiaux	*L'expédition.*
3406. Gilles Leroy	*Machines à sous.*
3407. Pierre Magnan	*Un grison d'Arcadie.*
3408. Patrick Modiano	*Des inconnues.*
3409. Cees Nooteboom	*Le chant de l'être et du paraître.*
3410. Cees Nooteboom	*Mokusei!*
3411. Jean-Marie Rouart	*Bernis le cardinal des plaisirs*

3412. Julie Wolkenstein	*Juliette ou la paresseuse.*
3413. Geoffrey Chaucer	*Les Contes de Canterbury.*
3414. Collectif	*La Querelle des Anciens et des Modernes.*
3415. Marie Nimier	*Sirène.*
3416. Corneille	*L'Illusion Comique.*
3417. Laure Adler	*Marguerite Duras.*
3418. Clélie Aster	*O.D.C.*
3419. Jacques Bellefroid	*Le réel est un crime parfait, Monsieur Black.*
3420. Elvire de Brissac	*Au diable.*
3421. Chantal Delsol	*Quatre.*
3422. Tristan Egolf	*Le seigneur des porcheries.*
3423. Witold Gombrowicz	*Théâtre.*
3424. Roger Grenier	*Les larmes d'Ulysse.*
3425. Pierre Hebey	*Une seule femme.*
3426. Gérard Oberlé	*Nil rouge.*
3427. Kenzaburô Ôé	*Le jeu du siècle.*
3428. Orhan Pamuk	*La vie nouvelle.*
3429. Marc Petit	*Architecte des glaces.*
3430. George Steiner	*Errata.*
3431. Michel Tournier	*Célébrations.*
3432. Abélard et Héloïse	*Correspondances.*
3433. Charles Baudelaire	*Correspondance.*
3434. Daniel Pennac	*Aux fruits de la passion.*
3435. Béroul	*Tristan et Yseut.*
3436. Christian Bobin	*Geai.*
3437. Alphone Boudard	*Chère visiteuse.*
3438. Jerome Charyn	*Mort d'un roi du tango.*
3439. Pietro Citati	*La lumière de la nuit.*
3440. Shûsaku Endô	*Une femme nommée Shizu.*
3441. Frédéric. H. Fajardie	*Quadrige.*
3442. Alain Finkielkraut	*L'ingratitude.* Conversation sur notre temps
3443. Régis Jauffret	*Clémence Picot.*
3444. Pascale Kramer	*Onze ans plus tard.*
3445. Camille Laurens	*L'Avenir.*
3446. Alina Reyes	*Moha m'aime.*
3447. Jacques Tournier	*Des persiennes vert perroquet.*
3448. Anonyme	*Pyrame et Thisbé, Narcisse, Philomena.*

*Impression Bussière Camedan Imprimeries
à Saint-Amand (Cher),
le 7 février 2001.
Dépôt légal : février 2001.
1ᵉʳ dépôt légal dans la collection : décembre 1996.
Numéro d'imprimeur : 010752/1.*

ISBN 2-07-040178-2./Imprimé en France.